且讀

……

19

林清玄散文精读

林清玄 著

浙江人民出版社

图书在版编目（CIP）数据

散文精读．林清玄 / 林清玄著．—杭州 ：浙江人民出版社，2018.10（2024.7重印）
（且读）
ISBN 978-7-213-08905-3

Ⅰ．①散… Ⅱ．①林… Ⅲ．①散文集-中国-现代 Ⅳ．①I266

中国版本图书馆CIP数据核字(2018)第199225号

本书由台北九歌出版社有限公司授权出版。

浙江省版权局
著作权合同登记章
图字：11-2018-393号

散文精读·林清玄

林清玄 著

出版发行：浙江人民出版社（杭州市环城北路177号 邮编 310006）
市场部电话：(0571)85061682 85176516
责任编辑：余慧琴 金继发
营销编辑：陈雯怡
责任校对：戴文英
责任印务：程 琳
封面设计：观止堂_未氓
电脑制版：杭州天一图文制作有限公司
印 刷：浙江新华印刷技术有限公司
开 本：880毫米×1230毫米 1/32 印 张：7.625
字 数：143千字 插 页：4
版 次：2018年10月第1版 印 次：2024年7月第8次印刷
书 号：ISBN 978-7-213-08905-3
定 价：36.00元

如发现印装质量问题，影响阅读，请与市场部联系调换。

林清玄

1 | 3
2 | 4

❶ 读书
❷ 感受
❸ 林清玄在演讲
❹ 与读者合影

HOSTS

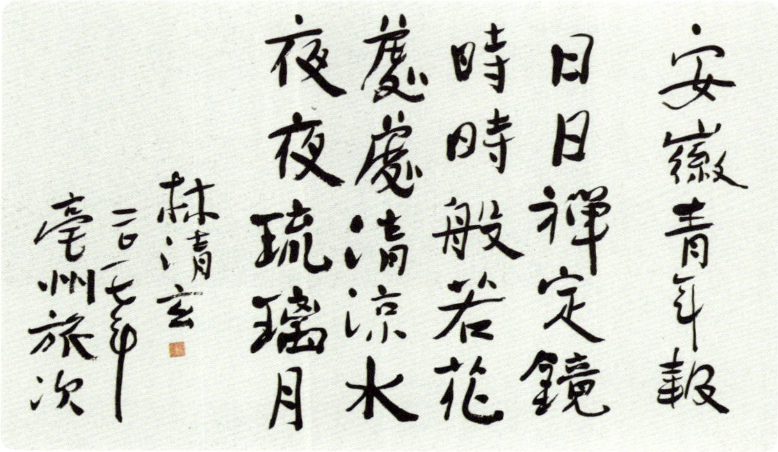

林清玄书法

目录

人物

散文精读·林清玄>>

感悟

散文精读·林清玄>>

抒情

清　欢

少年时代读到苏轼的一阕词，非常喜欢，到现在还能背诵：

细雨斜风作晓寒，
淡烟疏柳媚晴滩，
入淮清洛渐漫漫。
雪沫乳花浮午盏，
蓼茸蒿笋试春盘，
人间有味是清欢。

这阕词，苏轼在旁边写着“元丰七年十二月二十四日，从泗州刘倩叔游南山”，原来是苏轼和朋友到郊外去玩，在南山里喝了浮着雪沫乳花的淡茶，配着春日山野里的蓼菜、茼蒿、新笋，以及野草的嫩芽等等，然后自己赞叹着：“人间有味是清欢！”

当时所以能深记这阕词，最主要的是爱极了后面这一句，因为试吃野菜的这种平凡的清欢，才使人间更有滋味。“清欢”是什么呢？清欢几乎是难以翻译的，可以说是“清淡的欢愉”，这种清淡的欢愉不是来自别处，正是来自对平静疏淡简朴生活的一种热爱。当一个人可以品味出野菜的清香胜过了山珍海味，或者一个人在路边的石头里看出了比钻石更引人的滋味，或者一个人听林间鸟鸣的声音感受到比提笼遛鸟更感动，或者体会了静静品一壶乌龙茶比起在喧闹的晚宴中更能清洗心灵……这些就是“清欢”。

清欢之所以好，是因为它对生活的无求，是它不讲求物质的条件，只讲究心灵的品味。“清欢”的境界很高，它不同于李白的“人生在世不称意，明朝散发弄扁舟”那样的自我放逐；或者“人生得意须尽欢，莫使金樽空对月”那种尽情的欢乐。它也不同于杜甫的“人生有情泪沾臆，江水江花岂终极”这样悲痛的心事；或者“人生不相见，动如参与商；今夕复何夕，共此灯烛光”那种无奈的感叹。

活在这个世界上，有千百种人生。文天祥的是“人生自古谁无死，留取丹心照汗青”，我们很容易体会到他的壮怀激烈。欧阳修的是“人生自是有情痴，此恨不关风与月”，我们很能体会到他的绵绵情恨。纳兰性德的是“人到情多情转薄，而今真个不多情”，我们也不难会意到他无奈的哀伤。甚至于像王国维的“人生只似风前絮，欢也零星，悲也零星，都作连江点点萍！”那种对人生无常所发出的刻骨的感触，也依然能够知悉。

可是“清欢”就难了！

尤其是生活在现代的人，差不多是没有清欢的。

什么样是清欢呢？我们想在路边好好地散个步，可是人声车声不断地呼吼而过，一天里，几乎没有纯然安静的一刻。

我们到馆子里，想要吃一些清淡的小菜，几乎是杳不可得，过多的油、过多的酱、过多的盐和味精已经成为中国菜最大的特色，有时害怕了那样的油腻，特别嘱咐厨子白煮一个菜，菜端出来时让人吓一跳，因为菜上挤的沙拉比菜还多。

有时没有什么事，心情上只适合和朋友去啜一盅茶、饮一杯咖啡，可惜的是，心情也有了，朋友也有了，就是找不到地方，有茶有咖啡的地方总是嘈杂的。

俗世里没有清欢了，那么到山里去吧！到海边去吧！但是，山边和海湄也不纯净了，凡是人的足迹可以到的地方，就有了垃圾，就有了臭秽，就有了吵闹！

有几个地方我以前常去的，像阳明山的白云山庄，叫一壶兰花茶，俯望着台北盆地里堆叠着的高楼与人欲，自己饮着茶，可以品到茶中有清欢。像在北投和阳明山间的山路边有一个小湖，湖畔有小贩卖功夫茶，小小的茶几、藤制的躺椅，独自开车去，走过石板的小路，叫一壶茶，在躺椅上静静地靠着，有时湖中的荷花开了，真是惊艳一山的沉默。有一次和朋友去，两人在躺椅上静静喝茶，一下午竟说不到几句话，那时我想，这大概是“人间有味是清欢”了。

现在这两个地方也不能去了，去了只有伤心。湖里的不是荷花了，是漂荡着的汽水罐子，池畔也无法静静躺着，因为人比草多，石板也被踏损了。到假日的时候，走路都很难不和别人推挤，更别说坐下来喝口茶，如果运气更坏，会遇到呼啸而过的飞车党，还有带伴唱机来跳舞的青年，那时所有的感官全部电路走火，不要说清欢，连欢也不剩了。

要找清欢，就一日比一日更困难了。

当学生的时候，有一位朋友住在中和圆通寺的山下，我常常坐着颠踬的公交车去找她，两个人就沿着上山的石阶，漫无速度的，走走、坐坐、停停、看看，那时圆通寺山道石阶的两旁，杂乱地长着朱槿花，我们一路走，顺手拈下一朵熟透的朱槿花，吸着花朵底部的花露，其甜如蜜，而清香胜蜜，轻轻地含着一朵花的滋味，心里遂有一种只有春天才会有的欢愉。

圆通寺是一座全由坚固的石头砌成的寺院，那些黑而坚强的石头坐在山里仿佛一座不朽的城堡，绿树掩映，清风徐徐，站在用石板铺成的前院里，看着正在生长的小市镇，那时的寺院是澄明而安静的，让人感觉走了那样高的山路，能在那平台上看着远方，就是人生里的清欢了。

后来，朋友嫁人，到国外去了。我去过一趟圆通寺，山道已经开辟出来，车子可以环山而上，小山路已经很少人走，就在寺院的门口摆着满满的摊贩，有一摊是儿童乘坐的机器马，叽里咕噜的童歌震撼半山，有两摊是打香肠的摊子，烤烘香肠的白烟正往那古寺的大佛飘去，有一位母亲因为不准孩子吃香肠而揍打着两个孩子，激烈的哭声尖亢而急促……我连圆通寺的寺门都没有进去，就沉默地转身离开，山还是原来的山，寺还是原来的寺，为什么感觉完全不同了，失去了什么吗？失去的正是清欢。

下山时的心情是不堪的，想到星散的朋友，心情也不是悲伤，只是惆怅，浮起的是一阕词和一首诗，词是李煜的：

高楼谁与上？
长记秋晴望。
往事已成空，
还如一梦中。

诗是李觏的：

人言落日是天涯，
望极天涯不见家；
已恨碧山相阻隔，
碧山还被暮云遮。

那时正是黄昏，在都市烟尘蒙蔽了的落日中，真的看到了一种悲剧似的橙色。

我二十岁时心情很坏的时候，就跑到青年公园对面的骑马场去骑马，那些马虽然因驯服而动作缓慢，却都年轻高大，有着光滑的毛色。双腿用力一夹，它也会如箭一般呼噜向前蹿去，急忙的风声就从两耳掠过，我最记得的是马跑的时候，迅速移动着的草的青色，青茸茸的，仿佛饱含生命的汁液，跑了几圈下来，一切恶的心情也就在风中、在绿草里、在马的呼啸中消散了。

尤其是冬日的早晨，勒着缰绳，马就立在当地，踢踏着长腿，鼻孔中冒着一缕缕的白气，那些气可以久久不散，当马的气息在空气中消弭的时候，人也好像得到某些舒放了。

骑完马，到青年公园去散步，走到成行的树荫下，冷而强悍的空气在林间流荡着，可以放纵地、深深地呼吸，品味着空气里所含的元素，那元素不是别的，正是清欢。

最近有一天，突然想到骑马，已经有十几年没骑了。到青年公园的骑马场时差一点吓昏，原来偌大的马场里已经没有一根草了，一根草也没有的马场大概只有台湾才有，马跑起来的时候，灰尘滚滚，弥漫在空气里的尽是令人窒息的黄土，蒙蔽了人的眼睛。马也老了，毛色斑驳而失去光泽。

最可怕的是，不知道什么时候在马场搭了一个塑料棚子，铺了水泥地，其丑无比，里面则摆满了机器的小马，让人骑用，其吵无比。为什么为了些微的小利，而牺牲了这个马场呢？

马会老是我知道的事，人会转变是我知道的事，而在有真马的地方放机器马，在马跑的地方没有一株草，则是我不能理解的事。

就在马场对面的青年公园，那里已经不能说是公园了，人比西门町还拥挤吵闹，空气比咖啡馆还坏，树也萎了，草也黄了，阳光也不灿烂了。我从公园穿越过去，想到少年时代的这个公园，心痛如绞，别说清欢了，简直像极了佛经所说的“五浊恶世”！

生在这个时代，为何“清欢”如此难觅？眼要清欢，找不到青山绿水；耳要清欢，找不到宁静和谐；鼻要清欢，找不到干净空气；舌要清欢，找不到蓼茸蒿笋；身要清欢，找不到清凉净土；意要清欢，找不到智慧明心。如果你要享受清欢，唯一的方法是守在自己小小的天地，洗涤自己的心灵，因为在我们拥有愈多的物质世界，我们的清淡的欢愉就日渐失去了。

现代人的欢乐，是到油烟爆起、卫生堪虑的啤酒屋去吃炒蟋蟀；是到黑天暗地、不见天日的卡拉OK去乱唱一气；是到乡村野店、胡乱搭成的土鸡山庄去豪饮一番；以及到狭小的房间里做方城之戏，永远重复着摸牌的一个动作……这些污浊的放逸的生活以为是欢乐，想起来毋宁是可悲的。为什么现代人不能过清欢的生活，反而以浊为欢，以清为苦呢？

一个人以浊为欢的时候，就很难体会到生命清明的滋味，而在欢乐已尽、浊心再起的时候，人间就愈来愈无味了。

这使我想起东坡的另一首诗来：

> 梨花淡白柳深青，
> 柳絮飞时花满城；
> 惆怅东栏一株雪，
> 人生看得几清明？

苏轼凭着东栏看着栏杆外的梨花，满城都飞着柳絮时，梨花也开了遍地，东栏的那株梨花却从深青的柳树间伸了出来，仿佛雪一样的清丽，有一种惆怅之美，但是人生看这么清明可喜的梨花能有几回呢？这正是千古风流人物的性情，这正是清朝大画家盛大士在《溪山卧游录》中说的："凡人多熟一分世故，即多一分机智。多一分机智，即少却一分高雅。""山中何所有？岭上多白云，只可自怡悦；不堪持赠君，自是第一流人物。"

第一流人物是什么人物？

第一流人物是在清欢里也能体会人间有味的人物！

第一流人物是在污浊滔滔的人间，也能找到清欢的滋味的人物！

一九八五年十二月十五日

惜　福

我的外祖母活到八十岁，她过世的时候我还年幼，有许多事已经淡忘了，但我清楚地记得她的两件事：一是她过世时十分安详，并未受病痛折磨；一是她一直到晚年仍然过着极端俭朴的生活。她所以那样俭朴不全然是经济的原因，而是她认为人应该“惜福”。

她不许家里有什么剩菜剩饭，因此到了晚年她还时常捡菜汤，把菜盘里剩的菜汤端起来喝而不顾子女的劝阻。她也要求我们吃饭时碗中不可剩下一粒米，常吓唬我们说：“不捡拾干净，长大了会生猫脸。”甚至有米粒落到了地上，她也捡起来吃。

除了这些，外祖母格外敬惜字纸，要丢弃的书籍簿本纸张绝不与污秽垃圾混在一起，须另外用火恭敬地焚烧。

她过世的前几年，常有人问她长寿的原因，那时她不仅长寿，身体也健康，她总是回答说，可能是因为惜福吧，由于珍惜自己的福气，才能福寿绵长。

我当时颇不能了解其中的意思，后来读了明朝学者袁了凡先生的《了凡四训》，说他年幼时遇到一个会算命的先生，卜了他一生的吉凶，其中有一条是说到他补贡生的时候，一共吃了“廪米九十一石五斗”，他感到十分可疑，直到补了贡生的时候，他一算正好吃了九十一石五斗廪米（按明朝学制，贡生之前是廪生，他们应得的米叫廪米，按月发给，所以易于计算）。

了凡先生从此“益信进退有命，迟速有时，澹然无求矣”。连一个人一生可以享用多少米都是命中所注，如果过度放纵地享用，不就提早在损伤自己的性命吗？

我佛释迦牟尼在经中也时常叫人惜福、节制饮食，他在《杂阿含经》中说：“人当自系念，每食知节量，是则诸受薄，安消而保寿。”在《四十二章经》中说：“财色之于人，譬如小儿贪刀刃之蜜甜，不足一食之美，然有截舌之患也。”都是在警醒人不可过多求多欲的生活，身心才能长保康泰。

尤其在《医经》里说得最为透彻：“食多有五罪：一者多睡眠。二者多病。三者多淫。四者不能讽诵经。五者多著世间。”

“人得病有十因缘：一者，久坐不饭。二者，食无贷。……”（食无贷就是吃得过度）

“有九因缘，命未当尽为横尽。一不应饭为饭。二为不量饭（不知节制的吃）。三为不习饭（不知时间的吃）。四为不出生（饭还没有消化，又吃饭）。……如是九因缘，人命未尽为尽。点人当识，是当避，是已避，得两福：一者，得长寿。及得闻道好语，亦得久行道。”

饭在经书中只是象征，用以教人惜福，我们常见到年轻时过度放纵的人，到晚年总受疾病的折磨，或沦为贫苦无依，有的人更且是等不到晚年的，足见佛经中所言句句真实。

近读弘一法师的演讲集，他谈到“青年佛教徒应注意的四项”，首要就是惜福，其次才是习劳、持戒、自尊，因为他认为在末法时代，人的福气是很微薄的，若不爱惜，将这很薄的福享尽了，就要受莫大的痛苦。

至于惜了福又怎样呢？法师说：“我们即使有十分福气，也只好享受二三分，所余的可以留到以后去享受；诸位或者能发大心，愿以我的福气布施一切众生，共同享受，那更好了。”

也只有惜福的人才能习于劳动，持守戒律，自我尊重，因此惜福是作为佛徒的第一件事，不能惜福则不能言及其他。一般娑婆世界的凡人也是如此，我们可曾见过一个耽溺酒色、纵情逐欲的人能够自尊、清明，而活得健康和长寿的吗？

惜福乃不是少福，而是惜福得福，这就为什么平淡之人常享高寿的原因了。

一九八五年六月十日

四　随

随　喜

在通化街入夜以后，常常有一位乞者，从阴暗的街巷中冒出来。

乞者的双腿齐根而断，他用包着厚厚棉布的手掌走路。他双手一撑，身子一顿就腾空而起，然后身体向一尺前的地方扑跌而去，用断腿处点地，挫了一下，双手再往前撑。

他一走路几乎是要惊动整条街的。

因为他在手腕的地方绑了一个小铝盆，那铝盆绑的位置太低了，他一“走路”，就打到地面咚咚作响，仿佛是在提醒过路的人，不要忘了把钱放在他的铝盆里面。

大部分人听到咚咚的铝盆声，俯身一望，看到时而浮起时而顿挫的身影，都会发出一声惊诧的叹息。但是，也是大部分的人，叹息一声，就抬头仿佛未曾看见什么地走过去了。只有极少极少的人，怀着一种悲悯的神情，给他很少的布施。

人们的冷漠和他的铝盆声一样令人惊诧！不过，如果我们再仔细看看通化夜市，就知道再悲惨的形影，人们已经见惯了。短短的通化街，就有好几个行动不便、肢体残缺的人在卖奖券，有一位点油灯弹月琴的老人盲妇，一位头大如斗四肢萎缩瘫在木板上的孩子，一位软脚全身不停打摆的青年，一位口水像河流一般流淌的小女孩，还有好几位神智纷乱来回穿梭终夜胡言的人……这些景象，使人们因习惯了苦难而逐渐把慈悲盖在冷漠的一个角落。

那无腿的人是通化街里落难的乞者之一，不会引起特别的注意，因此他的铝盆常是空着的。他为了引起人们的注意，有时故意来回迅速地走动，一浮一顿，一顿一浮……有时候站在街边，听到那急促敲着地面的铝盆声，可以听见他心底多么悲切的渴盼。

他恒常戴着一顶斗笠，灰黑的，有几茎草片翻卷了起来，我们站着往下看，永远看不见他脸上的表情，只能看到那有些破败的斗笠。

有一次，我带孩子逛通化夜市，忍不住多放了一些钱在那游动的铝盆里，无腿者停了下来，孩子突然对我说：“爸爸，这没有脚的伯伯笑了，在说谢谢！”这时我才发现孩子站着的身高正与无腿的人一般高，想是看见他的表情了。无腿者听见孩子的话，抬起头来看我，我才看清他的脸粗黑，整个被风霜腌渍，厚而僵硬，是长久没有使用过表情的那种。后来，他的眼神和我的眼神相遇，我看见了这一直在夜色中被淹没的眼睛，透射出一种温暖的光芒，仿佛在对我说话。

在那一刻，我几乎能体会到他的心情，这种心情使我有着悲痛与温柔交错的酸楚。然后他的铝盆又响了起来，向街的那头响过去，我的胸腔就随他顿挫顿浮的身影而摇晃起来。

我呆立在街边，想着，在某一个层次上，我们都是无脚的人，如果没有人与人间的温暖与关爱，我们根本就没有力量走路，不管在任何时候任何地方，我们见到了令我们同情的人而行布施之时，我们等于在同情自己，同情我们生在这苦痛的人间，同情一切不能离苦的众生。倘若我们的布施使众生得一丝喜悦温暖之情，这布施不论多少就有了动人的质地，因为众生之喜就是我们之喜，所以佛教里把布施、供养称为“随喜”。

这随喜，有一种非凡之美，它不是同情、不是悲悯，而是因众生喜而喜，就好像在连绵的阴雨之间让我们看见一道精灿的彩虹升起，不知道阴雨中有彩虹的人就不会有随喜的心情。因为我们知道有彩虹，所以我们布施时应怀着感恩，不应稍有轻慢。

我想起经典上那伟大充满了庄严的维摩诘居士，在一个动人的聚会里，有人供养他一些精美无比的璎珞，他把璎珞分成两份，一份供养难胜如来佛，一份布施给聚会里最卑下的乞者，然后他用一种威仪无匹的声音说：“若施主等心施一最下乞人，犹如如来福田之相，无所分别，等于大悲，不求果报，是则名曰具足法施。”

他甚至警策地说，那些在我们身旁一切来乞求的人，都是住于不可思议解脱菩萨境界的菩萨来示现的，他们是来考验我们的悲心与菩提心，使我们从世俗的沦落中超拔出来。我们若因乞求而布施来植福德，我们自己也只是个乞求的人，我们若看乞者也是菩萨，布施而怀恩，就更能使我们走出迷失的津渡。

我们布施时应怀着最深的感恩，感恩我们是布施者，而不是乞求的人；感恩那些秽陋残疾的人，使我们警醒，认清这是不完满的世界，我们也只是一个不完满的人。

一切菩萨所修无量难行苦行，志求无上正等菩提，广大功德，我皆随喜。如是虚空界尽、众生界尽、众生烦恼尽，我此随喜无有穷尽。

我想，怀着同情、怀着悲悯，甚至怀着苦痛、怀着鄙夷来注视那些需要关爱的人，那不是随喜，唯有怀着感恩与菩提，使我们清和柔软，才是真随喜。

随　业

打开孩子的饼干盒子，在角落的地方看到一只蟑螂。

那蟑螂静静地伏在那里，一动也不动，我看着这只见到人不逃跑的蟑螂而感到惊诧的时候，突然看见蟑螂的前端裂了开来，探出一个纯白色的头与触须，接着，它用力挣扎着把身躯缓缓地蠕动出来，那么专心、那么努力，使我不敢惊动它，静静蹲下来观察它的举动。

这蟑螂显然是要从它破旧的躯壳中蜕变出来，它找到饼干盒的角落脱壳，一定认为这是绝对的安全之地，不想被我偶然发现，不知道它的心里有多么心焦。可是再心焦也没有用，它仍然要按照一定的程序，先把头伸出，把脚小心地一只只拔出来，一共花了大约半小时的时间，蟑螂才完全从它的壳用力走出来，那最后一刻真是美，是石破天惊的，有一种纵跃的姿势。我几乎可以听见它喘息的声音，它也并不立刻逃走，只是用它的触须小心翼翼地探着新的空气、新的环境。

新出壳的蟑螂引起我的叹息，它是纯白的几近于没有一丝杂质，它的身体有白玉一样半透明的精纯的光泽。这日常引起我们厌恨的蟑螂，如果我们把所有对蟑螂既有的观感全部摒除，我们可以说那蟑螂有着非凡的惊人之美，就如同是草地上新蜕出的翠绿的草蝉一样。

当我看到被它脱除的那污迹斑斑的旧壳，我觉得这初钻出的白色小蟑螂也是干净的，对人没有一丝害处。对于这纯美干净的蟑螂，我们几乎难以下手去伤害它的生命。

后来，我养了那蟑螂一小段时间，眼见它从纯白变成灰色，再变成灰黑色，那是转瞬间的事了。随着蟑螂的成长，它慢慢地从安静的探触而成为鬼头鬼脑的样子，不安地在饼干盒里搔爬，一见到人或见到光，它就不安焦急地想要逃离那个盒子。

最后，我把它放走了，放走的那一天，它迅速从桌底穿过，往垃圾桶的方向遁去了。

接下来好几天，我每次看到德国种的小蟑螂，总是禁不住地想，到底这里面，哪一只是我曾看过它美丽的面目，被我养过的那只纯白的蟑螂呢？我无法分辨，也不须去分辨，因为在满地乱爬的蟑螂里，它们的长相都一样，它们的习气都一样，它们的命运也是非常类似的。

它们总是生活在阴暗的角落，害怕光明的照耀，它们或在阴沟，或在垃圾堆里度过它们平凡而肮脏的一生。假如它们跑到人的家里，等待它们的是克蟑、毒药、杀虫剂，还有用它们的习性做成来诱捕它们的蟑螂屋，以及随时踩下的巨脚，擎空打击的拖鞋，使它们在一击之下尸骨无存。

这样想来，生为蟑螂是非常可悲而值得同情的，它们是真正的“流浪生死，随业浮沉”，这每一只蟑螂是从哪里来投生的呢？它们短暂的生死之后，又到哪里去流浪呢？它们随业力的流转到什么时候才会终结呢？为什么没有一只蟑螂能维持它初生时纯白、干净的美丽呢？

这无非都是业。

无非是一个不可知的背负。

我们拼命保护那些濒临绝种的美丽动物，那些动物还是绝种了。我们拼命创造各种方法来消灭蟑螂，蟑螂却从来没有减少，反而增加。

这也是业，美丽的消失是业，丑陋的增加是业，我们如何才能从业里超拔出来呢？从蟑螂，我们也看出了某种人生。

随　顺

在和平西路与重庆南路交口的地方，每天都有卖玉兰花的人，不只在天气晴和的日子，他们出来卖玉兰花，有时是大风雨的日子，他们也来卖玉兰花。

卖玉兰花的人里，有两位中年妇女，一胖一瘦；有一位消瘦肤黑的男子，怀中抱着幼儿；有两个小小的女孩，一个十岁，一个八岁；偶尔，会有一位背有点弯的老先生，和一位白发苍苍的老妇，也加入贩卖的阵容。

如果在一起卖的人多，他们就和谐地沿着罗斯福路、新生南路步行扩散，所以有时候沿着和平东西路走，会发现在复兴南路口、建国南路口、新生南路口、罗斯福路口、重庆南路口都是几张熟悉的脸孔。

卖花的不管是老人还是孩子，他们都非常和气，端着用湿布盖好以免玉兰枯萎的木盘子从面前走过，开车的人一摇手，他们绝不会有任何的嗔怒之意。如果把车窗摇下，他们会赶忙站到窗口，送进一缕香气来。在绿灯亮起的时候，他们就站在分界的安全岛上，耐心等候下一个红灯。

我自己就是交通专家所诅咒的那些姑息着卖玉兰花的人，不管是在什么样的路口，遇到任何卖玉兰花的人，我总是忘了交通安全的教训，买几串玉兰花，买到后来，竟认识了罗斯福路、重庆南路口几位卖玉兰花的人。

买玉兰花时，我不是在买那些清新怡人的花香，而是买那生活里辛酸苦痛的气息。

每回看到卖花的人，站在烈日下默默拭汗，我就忆起我的童年时代为了几毛钱在烈日下卖支仔冰，在冷风里卖枣子糖的过去。在心里，我可以贴近他们心中的渴盼，虽然他们只是微笑着挨近车窗，但在心底，是多么希望，有人摇下车窗，买一串花。这关系着人间温情的一串花才卖十元，是多么便宜，但便宜的东西并不一定廉价，在冷气车里坐着的人，能不能理解呢？

几个卖花的人告诉我，最常向他们买花的是出租车司机，大概是出租车司机最能理解辛劳奔波的生活是什么滋味，他们对街中卖花者遂有了最深刻的同情。其次是开小车子的人。最难卖的对象是开着豪华进口车，车窗是黑色的人，他们高贵的脸一看到玉兰花贩走近，就冷漠地别过头去。

有时候，人间的温暖和钱是没有关系的，我们在烈日焚烧的街头动了不忍之念，多花十元买一串花，有时在意义上胜过富者为了表演慈悲、微笑照相登上报纸的百万捐输。

不忍？

是的，我买玉兰花时就是不忍看人站在大太阳下讨生活，他们为了激起人的不忍，有时把婴儿也背了出来，有人批评他们把孩子背到街上讨取人的同情是不对的。可是我这样想：当妈妈出来卖玉兰花时，孩子要交给保姆或佣人吗？当我们为烈日暴晒而心疼那个孩子，难道他的母亲不痛心吗？

遇到有孩子的，我们多买一串玉兰花吧！不要问什么理由。

我是这样深信：站在街头的这一群沉默卖花的人，他们如果有更好的事做，是绝对不会到街上来卖花的。

设身处地地为苦恼的人着想，平等地对待他们，这就是“随顺”，我们顺着人的苦难来满他们的愿，用更大的慈和的心情让他们不要在窗口空手离去，那不是说我们微薄的钱真能带给卖花的人什么利益，而是说我们因有这慈爱的随顺，使我们的心更澄澈、更柔软，洗涤了我们的污秽。

一切众生而为树根，诸佛菩萨而为华果，以大悲水饶益众生，则能成就诸佛菩萨智慧华果。

我买玉兰花的时候，感觉上，是买一瓣心香。

随　缘

有一位朋友，她养了一条土狗，狗的左后脚因被车子辗过，成了瘸子。

朋友是在街边看到这条小狗的，那时小狗又脏又臭，在垃圾堆里捡拾食物，朋友是个慈悲的人，就把它捡了回来，按照北方习俗，名字越俗贱的孩子越容易养，朋友就把那条小狗正式命名为“小瘸子”。

小瘸子原是人见人恶的街狗，到朋友家以后就显露出它如金玉的一些美质。它原来是一条温柔、听话、干净、善解人意的小狗，只是因为生活在垃圾堆里，它的美丽一直未被发现吧。它的外表除了有一点土，其实也是不错的，它的瘸，到后来反而是惹人喜爱的一个特点，因为它不像平凡的狗乱纵乱跳，倒像一个温驯的孩子，总是优雅地跟随它美丽的女主人散步。

朋友对待小瘸子也像对待孩子一般，爱护有加，由于她对一条瘸狗的疼爱，在街间中的孩子都唤她：“小瘸子的妈妈。”

小癞子的妈妈爱狗，不仅孩子知道，连狗们也知道，她有时在外面散步，巷子里的狗都跑来跟随她，并且用力地摇尾巴，到后来竟成为一种极为特殊的景观。

小癞子慢慢长大，成为人见人爱的狗，天天都有孩子专程跑来带它去玩，天黑的时候再带回来。由于爱心，小癞子竟成为巷子里最得宠的狗，任何名种狗都不能和它相比。也因为它的得宠，有人以为它身价不凡，一天夜里，小癞子被抱走了，朋友和她的小女儿伤心得就像失去一个孩子。巷子里的孩子也惘然失去最好的玩伴。

两年以后，朋友在永和一家小面摊子上认到了小癞子，它又回复在垃圾堆的日子，守候在桌旁捡拾人们吃剩的肉骨。

小癞子立即认出它的旧主人，人狗相见，忍不住相对落泪，那小癞子流下的眼泪竟滴到地上。

朋友把小癞子带回家，整条巷子因为小癞子的回家而充满了喜庆的气息，这两年间小癞子的遭遇是不问可知的，一定受过不少折磨，但它回家后又恢复了往日的神采。过不久，小癞子生了一窝小狗，生下的那天就全被预约，被巷子里，甚至远道来的孩子所领养。

做过母亲的小癞子比以前更乖巧而安静了，有一次我和朋友去买花，它静静跟在后面，不肯回家，朋友对它说了许多哄小孩一样的话，它才脉脉含情地转身离去。从那一次以后，我再也没有看到过小癞子了，它是被偷走了呢？还是自己离家而去？或是被捕狗队的人所逮捕？没有人知道。

朋友当然非常伤心，却不知道在什么时候什么地点可以再与小瘸子会面。朋友与小瘸子的缘分又是怎么来的呢？是随着前世的因缘，或是开始在今生的会面？

一切都未可知。

但我的朋友坚信有一天能与小瘸子再度相逢，她美丽的眼睛望着远方说："人家都说随缘，我相信缘是随愿而生的，有愿就会有缘，没有愿望，就是有缘的人也会错身而过。"

一九八六年八月一日

南　国

我喜欢王维一首简短的诗：

红豆生南国，
春来发几枝。
愿君多采撷，
此物最相思。

尤其喜欢这首诗里的“南国”与“相思”，南国是在什么地方呢？南国又象征了什么呢？对于写这首诗的王维，他当时是在北地还是南国？他有没有特别思念着的人呢？

相对于“南国”的是“北地”，而相对于“春来”的是“秋去”，它的意象就这样丰富了起来：在南国的人采了红豆，想到好不容易到了秋天，又想到秋天的时候到北地去的人，他是不是有着相思呢？

相思？

是的，“相思”是多么高洁的意象呀！我一直认为相思是爱情中最动人的素质，相思令人甜美、引人伤怀、使人辗转、让人悲绝，古来中国的爱情中最常见的病就是“相思病”，有因相思而憔悴的，也有因相思而离开世间的。

相思就是“互相的思念”，看红豆时可以想到故人旧情，只是一种象征，事实上相思是一种心行，从心而有，心里想念着故人，就是寒夜中闪动的萤火，都像是情人寄来的灯盏呀！

在佛经里说“人唯情有”，是说投生到这世界的人，就是为了情而投生的，他们存情、执情、迷情，甚至唯情，使人因此生生世世在情里流转。这种“情有”，就是“隔世的相思”，可见相思不仅能穿破空间无限的藩篱，甚至能打破时间生世的阻隔。

我们因为舍不得离开在世间曾有的情爱，再轮回时又回来和亲人情侣相会，这时就有了因缘，我们的相思使我们的因缘聚合，但在因缘尽了的时候又使我们因离别而相思。

从生死因缘的观点来看，我们若是从南国离开这个世间，那么我们为了和从前的因缘相会，就会因情爱再投生到南国去。佛经里说我们这个世界是“娑婆世界”，又说是“南阎浮提”，南阎浮提不正是我们堕入相思迷惘的南国吗？

有许多许多人，他们在面对情爱的时候，最常挂在口中的是“随缘”，也就是随着因缘流转，缘生固然是好，缘灭也不悲忧，可是随缘也有无助的味道，完全随缘，就是完全的流转，将会留下不少的憾恨。

我想，更好的态度是“惜缘”，珍惜今生的每一次会面、珍惜今生的每一次爱情，甚至珍惜每一次因缘的散灭，才使我们能相思、懂得相思，并且在相思时知道因缘的真谛，而不存有丝毫的遗憾与怨恨。

现代人最可怕的是失去了对“相思”的认识，大部分人都不能真正惜缘，使得情人间的爱都成为“露水姻缘”，露水是不能隔日的，还能有什么相思呢？

让我们心情幽静地来读一次王维的诗：“红豆生南国，春来发几枝。愿君多采撷，此物最相思。”我们是不是相思起南国或者北地的人呢？当我们能相思的时候，我们的心就像一面澄澈的湖水，可以照见情爱中高洁的境界。

我们的相思，可以使我们的意念如顺风的船，顺利地驶向目的地；但这种意念顺利地开拔，是不是让我们从相思里产生一些自觉呢？自觉到我们的生命所要驶去的方向，这样相思才不会因烧灼使我们堕落，且因距离而使我们清明。

一　朝

十二岁的时候，第一次读《红楼梦》，似懂非懂，读到林黛玉葬花的那一段，以及她的《葬花词》，里面有这样几句：

尔今死去侬收葬，未卜侬身何日丧？
侬今葬花人笑痴，他年葬侬知是谁？
试看春残花渐落，便是红颜老死时。
一朝春尽红颜老，花落人亡两不知！

那是我第一次感受到落花也会令人忧伤，而人对落花也像待人一样，有深刻的情感。那时当然不知道林黛玉的自伤之情胜过于花朵的对待，但当时也起了一点疑情，觉得林黛玉未免小题大做，花落了就是落了，有什么值得那样感伤，少年的我正是“侬今葬花人笑痴”那个笑她的人。

我会感到葬花好笑是有背景的，那时候父亲为了增加家用，在田里种了一亩玫瑰，因为农会的人告诉他，一定有那么一天，一朵玫瑰的价钱可以抵上一斤米。可惜父亲一直没有赶上一朵玫瑰一斤米的好时机，二十几年前的台湾乡下，根本不会有人神经到去买玫瑰来插。父亲的玫瑰是种得不错，却完全滞销，弄到最后懒得去采收了，一时也想不出改种什么，玫瑰田就荒置在那里。

我们时常跑到玫瑰田去玩，每天玫瑰花瓣，黄的、红的、白的落了一地，用竹扫把一扫就是一畚箕，到后来大家都把扫玫瑰田当成苦差事，扫好之后顺手倒入田边的旗尾溪，千红万紫的玫瑰花瓣霎时铺满河面，往下游流去，偶尔我也能感受到玫瑰飘逝的忧伤之美，却绝对不会痴到去葬花。

不只玫瑰是大片大片地落，在我们山上，春天到秋天，坡上都盛开着野百合、野姜花、月桃花、美人蕉，有时连相思树上都是一片白茫茫，风吹来了，花就不可计数地纷飞起来。山上的孩子看见落花流水，想的都是节气的改变，有时候压根儿不会想到花，更别说为花伤情了。

只有一次为花伤心的经验，是有一年父亲种的竹子突然有十几丛开花了，竹子花真漂亮，细致的、金黄色的，像满天星那样怒放出来，父亲告诉我们，竹子一开花就是寿限到了，花朵盛放之后，就会干枯，死去。而且通常同一母株育种的竹子会同时开花，母亲和孩子会同时结束生命。那时我每到竹林里看极美丽绝尘不可逼视的竹子花就会伤心一次，到竹子枯死的那一阵子，总会无端地落下泪来，不过，在父亲插下新枝后，我的伤心也就一扫而空了。

多几次感受到竹子开花这样的经验，就比较知道林黛玉不是神经，只是感受比常人敏锐罢了，也慢慢能感受到“昨宵庭外悲歌发，知是花魂与鸟魂？花魂鸟魂总难留，鸟自无言花自羞。愿侬此日生双翼，随花飞到天尽头。天尽头，何处有香丘？未若锦囊收艳骨，一抔净土掩风流，质本洁来还洁去，不教污淖陷渠沟”那种借物抒情，反观自己的情怀。

长大一点，我更知道了连花草树木都与人有情感、有因缘，为花草树木伤春悲秋，欢喜或忧伤是极自然的事，能在欢喜或悲伤时，对境有所体会观照，正是一种觉悟。

最近又重读了《红楼梦》，就体会到花草原是法身之内，一朵花的兴谢与一个人的成功失败并没有两样，人如果不能回到自我，做更高智慧之追求，使自己明净而了知自然的变迁，有一天也会像一朵花一样在无知中凋谢了。

同时，看一片花瓣的飘落，可以让我们更深地感知无常，正如贾宝玉在山坡上听见黛玉的葬花诗“不觉恸倒山坡上，怀里兜的落花撒了一地”。那是他想到黛玉的花容月貌终有无可寻觅之时，又推想到宝钗、香菱、袭人亦会有无可寻觅之时，当这些人都无可寻觅，自己又安在呢？自身既不知何在何往，将来斯处、斯园、斯花、斯柳，又不知当属谁姓！

看看这种无常感，怎么能不恸倒在山坡上？我觉得，整部《红楼梦》就在表达“人生如梦”四字，这是一种无可如何的无常，只是借黛玉葬花来说，使我们看到了无常的焦点。《红楼梦》还有一支曲子，我非常喜欢，说的正是无常：

“为官的，家业凋零；富贵的，金银散尽；有恩的，死里逃生；无情的，分明报应。欠命的，命已还；欠泪的，泪已尽；冤冤相报实非轻，分离聚合皆前定，欲知命短问前生，老来富贵也真侥幸。看破的，遁入空门；痴迷的，枉送了性命；好一似食尽鸟投林，落了片白茫茫大地真干净。”

从落花而知大地有情，这是体会；从葬花而知无常苦空，这是觉悟；从觉悟中知道万法了不可得，应该善自珍摄，不要空来人间一回，这就是最初步的菩提了。读《红楼梦》不也能使我们理解到青原惟信禅师说的“三十年前见山是山，见水是水。及后亲见亲知，有个入处，见山不是山，见水不是水。如今得个休歇处，依旧见山只是山，见水只是水”的过程吗？

相传从前有一位老僧，经卷案头摆了一部《红楼梦》，一位居士去拜见他，感到十分惊异问他：“和尚也喜欢这个？”

老僧从容地说：“老僧凭此入道。”

这虽是传说，但也不无道理，能悟道的，黄花翠竹、吃饭睡觉、瓦罐瓶杓都会悟道了，何况是《红楼梦》！

虽然《红楼梦》和“悟道”没有必然关系，但只要时时保有菩提之心，保有反观的觉性，就能看出在言情之外言志的那一部分，也可以看到隐在小儿女情意背后那广大的空间。

知悉了大地有情、觉悟了无常苦空、体会了山水的真实、保有了清明的菩提，我们如何继续前行呢？正是“一朝春尽红颜老”的那个“一朝”，是“万古长空，一朝风月”的“一朝”，是知道“放弃今日就没有来日，不惜今生就没有来生”！是“此身不向今生度，更待何生度此身”！是“当下即是”！是“人圆即佛成”！

那么就在每一个“一朝”中保有菩提，心田常开智慧之花，否则，像竹子一样要等到临终才知道盛放，就来不及了。

太阳雨

对太阳雨的第一印象是这样子的。

幼年随母亲到芋田里采芋梗，要回家做晚餐，母亲用半月形的小刀把芋梗采下，我蹲在一旁看着，想起芋梗油焖豆瓣酱的美味。

突然，被一阵巨大震耳的雷声所惊动，那雷声来自远方的山上。

我站起来，望向雷声的来处，发现天空那头的乌云好似听到了召集令，同时向山头的顶端飞驰奔跑去集合，密密层层地叠成一堆。雷声继续响着，仿佛战鼓频催，一阵急过一阵，忽然，将军喊了一声："冲呀!"

乌云里哗哗洒下一阵大雨，雨势极大，大到数公里之外就听见噼啪之声，撒豆成兵一样。我站在田里被这阵雨的气势慑住了，看着远处的雨幕发呆，因为如此巨大的雷声、如此迅速集结的乌云、如此不可思议的澎湃之雨，是我第一次看见。

说是"雨幕"一点也不错，那阵雨就像电影散场时拉起来的厚重黑幕，整齐地拉成一列，雨水则踏着军人的正步，齐声踩过田原，还呼喊着雄壮威武的口令。

平常我听到大雷声都要哭的，那一天却没有哭，就像第一次被鹅咬到屁股，意外多过惊慌。最奇异的是，雨虽是那样大，离我和母亲的位置不远，而我们站的地方阳光依然普照，母亲也没有跑的意思。

“妈妈，雨快到了，下很大呢！”

“是西北雨，没要紧，不一定会下到这里。”

母亲的话说完才一瞬间，西北雨就到了，有如机枪掠空，哗啦一声从我们头顶掠过，就在扫过的那一刹那，我的全身已经湿透，那雨滴的巨大也超乎我的想象，炸开来几乎有一个手掌大，打在身上，微微发疼。

西北雨淹过我们，继续向前冲去。奇异的是，我们站的地方仍然阳光普照，使落下的雨丝恍如金线，一条一条编织成金黄色的大地，溅起来的水滴像是碎金屑，真是美极了。

母亲还是没有要躲雨的意思，事实上空旷的田野也无处可躲，她继续把未采收过的芋梗采收完毕，记得她曾告诉我，如果不把粗的芋梗割下，包覆其中的嫩叶就会壮大得慢，在地里的芋头也长不坚实。

把芋梗用草捆扎起来的时候，母亲对我说：“这是西北雨，如果边出太阳边下雨，叫作日头雨，也叫作三八雨。”接着，她解释说：“我刚刚以为这阵雨不会下到芋田，没想到看错了，因为日头雨虽然大，却下不广，也下不久。”

我们在田里对话就像家中一般平常，几乎忘记是站在庞大的雨阵中，母亲大概是看到我愣头愣脑的样子，笑了，说：“打在头上会痛吧！”然后顺手割下一片最大的芋叶，让我撑着，芋叶遮不住西北雨，却可以暂时挡住雨的疼痛。

我们工作快完的时候，西北雨就停了，我随着母亲沿田埂走回家，看到充沛的水在圳沟里奔流，整个旗尾溪都快涨满了，可见这雨虽短暂，是多么巨大。

太阳依然照着，好像无视于刚刚的一场雨，我感觉自己身上的雨水向上快速地蒸发，田地上也像冒着腾腾的白气。觉得空气里有一股甜甜的热，土地上则充满着生机。

“这西北雨是很肥的，对我们的土地是最好的东西，我们做田人，偶尔淋几次西北雨，以后风呀雨呀，就不会轻易让我们感冒。”田埂只容一人通过，母亲回头对我说。

这时，我们走到蕉园附近，高大的父亲从蕉园穿出来，全身也湿透了，“咻！这阵雨真够大！”然后他把我抱起来，摸摸我的光头，说：“有给雷公惊到否？”我摇摇头，父亲高兴地笑了：“哈……金刚头，不惊风、不惊雨、不惊日头。”

接着，他把斗笠戴在我头上，我们慢慢地走回家去。

回到家，我身上的衣服都干了，在家院前我仰头看着刚刚下过太阳雨的田野远处，看到一条圆弧形的彩虹，晶亮地横过天际，天空中干净清朗，没有一丝杂质。

每年到了夏天，在台湾南部都有西北雨，午后刚睡好午觉，雷声就会准时响起，有时下在东边，有时下在西边，像是雨和土地的约会。在台北，夏天的时候如果空气污浊，我就会想："如果来一场西北雨就好了！"

西北雨虽然狂烈，却是土地生机的来源，也让我们在雄浑的雨景中，感到人是多么渺小。

我觉得这世界之所以会人欲横流、贪婪无尽，是由于人不能自见渺小，因此对天地与自然的律则缺少敬畏的缘故。大风大雨在某些时刻给我们一种无尽的启发，记得我小时候遇过几次大台风，从家里的木格窗，看见父亲种的香蕉，成排成排地倒下去，心里忧伤，却也同时感受到无比的大力，对自然有一种敬畏之情。

台风过后，我们小孩子会相约到旗尾溪"看大水"，看大水淹没了溪洲，淹到堤防的腰际，上游的牛羊猪鸡，甚至农舍的屋顶，都在溪中浮沉漂流而去，有时还会看见两人合围的大树，整棵连根流向大海，我们就会默然肃立，不能言语。呀！从山水与生命的远景看来，人是渺小一如蝼蚁的。

我时常忆起那骤下骤停、瞬间阳光普照；或一边下大雨，一边出太阳的"太阳雨"。所谓的"三八雨"就是一块田里，一边下着雨，另外一边却不下雨，我有几次站在那雨线中间，让身体的右边接受雨的打击，左边接受阳光的照耀。

三八雨是人生的一个谜题，使我难以明白，问了母亲，她三言两语就解开这个谜题，她说：

“任何事物都有界限，山再高，总有一个顶点；河流再长，总能找到它的起源；人再长寿，也不可能永远活着；雨也是这样，不可能遍天下都下着雨，也不可能永远下着……”

在过程里固然变化万千，结局也总是不可预测的，我们可能同时接受着雨的打击和阳光的温暖，我们也可能同时接受阳光无情的暴晒与雨水有情的润泽，山水介于有情与无情之间，能适性地、勇敢地举起脚步，我们就不会因自然的轻踩得到感冒。

在苏东坡的词里有一首《水调歌头》，是我很喜欢的，他说：

落日绣帘卷，亭下水连空。
知君为我新作，窗户湿青红。
长记平山堂上，欹枕江南烟雨，杳杳没孤鸿。
认得醉翁语，“山色有无中”。
一千顷，都镜净，倒碧峰。
忽然浪起，掀舞一叶白头翁。
堪笑兰台公子，未解庄生天籁，刚道有雌雄。
一点浩然气，千里快哉风！

在人生广大的倒影里，原没有雌雄之别，千顷山河如镜，山色在有无之间，使我想起南方故乡的太阳雨，最爱的是末后两句："一点浩然气，千里快哉风！"心里存有浩然之气的人，千里的风都不亦快哉，为他飞舞、为他鼓掌！

这样想来，生命的大风大雨，不都是我们的掌声吗？

宁静海

孩子从学校带回一盒蚕宝宝，据他说，现在学校里流行养蚕，几乎人手一盒。

面对那些纯白的小生命，我感到烦恼了，因为养蚕的事看来容易，实践却很难。我童年的时候养过许多次蚕，最后几乎都注定了失败的命运，并不是蚕养不活，而是长大以后它吐茧结蛹，羽化为蛾，生出更多的小蚕，繁殖得太快，不是桑叶不够吃，就是没有地方放置，最后，总是整盒带到郊外的桑树上放生。

那时候山里的桑树很多，甚至我家的后院都有几棵桑树，通常我们都是去山里采桑叶，只在不得已的情况下才摘家里的。

想一想，在桑叶那么充沛的时候，养蚕都会失败，何况是现在呢？

孩子养蚕的桑叶买自学校的福利社，一包十元，回来后他把桑叶冰在冰箱里免得枯萎，我看他忙得不亦乐乎，却想到：

万一学校福利社的桑叶缺货呢?

果然，没有多久，一天孩子满头大汗地从学校回来，说："爸！糟了！天下大乱了！学校的桑叶缺货!"那天下午，我带他到台北市郊几个可能有桑树的地方去，都找不到一棵桑树，黄昏回程的时候，他垂头丧气地坐在车里，突然眼睛一亮："爸爸，我们用别的树叶试试!"

"没有用的，千百年来蚕就是吃桑叶长大，它不可能吃别的叶子。"我说。

孩子说："真的饿死也不吃别的树叶吗？我不信!"

"那么，你试试看!"

孩子兴奋地把家里种的树叶各摘下一片，把冰箱里的菜叶也找来了，不管他放下什么叶子，蚕总是无动于衷，甚至连动也不动一下，虽然它们看起来是那么饥饿，饿得快死了，也不肯动口尝尝别的叶子。

试过所有的叶子，孩子长叹一声说："哎呀，这些蚕怎么这样想不开？吃几口别的树叶会死吗?"

他坐在那里发了半天呆，突然问我说："如果，如果，一只蚕从生下来就让它吃别的树叶，不让它吃一口桑叶，它会不会吃呢?"

"你试试看吧!"

为了寻找这问题的答案，他更乐于养蚕（幸好第二天福利社的桑叶就送来了），蚕儿长大、成蛹、化蛾、产卵……当黑色像眼睫毛一样的小蚕孵出的那一刻，孩子就喂给它别的树叶，结果它们的固执和父母一样，连第一口都不肯吃。最后，孩子不得不把桑叶放进去，它们立刻欢喜地开口大吃了。

小蚕对桑叶的坚固执着，令我感到非常吃惊，它们的执着显然不是今生的习惯，而是来自遥远前世的记忆，否则不会连生平的第一口都那么执着。

面对蚕的执着，孩子学到了什么呢？他说："蚕的心，我们是不会知道的啦！"

是呀，蚕的心潜藏着轮回的秘密，孕育着业力的神秘，包覆着习气的熏习，或者是像海一样深不可测的。当然这些都无从查考，唯一可知的是它只吃桑叶（古今中外的蚕都如此），它只吐一种明亮、柔软、坚韧的丝（古今中外的蚕也都如此）。

世界的众生何尝不是如此呢？每一众生的内在世界都深奥一如海洋。以蚕的近亲飞蛾来说吧！它们世世代代寻火而扑，在火中殉身，永不疲厌，是为了什么？以蚕的远亲蝴蝶来说，同一品种的蝴蝶，花纹世世代代均不改变，甚至身上的斑点不会多一个或少一个；而它们世世代代只吃花蜜，不肯改一下口味，这是为什么呢？

众生都有不能破除的执着，小似无知的昆虫到大似灵敏的人，都是如此，众生的识执都有如海洋，广大、难以探测、不能理解。

在我们理想中的宁静、澄澈、深湛、光明的自性之海，要经过多么长远的时光，才能开显呀！

从一枚小小的桑叶，一只小小的蚕，我也照见了自己某些尚未破尽的烦恼。

莲花汤匙

洗茶碟的时候，不小心打破了一根清朝的古董汤匙，心疼了好一阵子，仿佛是心里某一个角落跌碎一般。

那根汤匙是有一次在金门一家古董店找到的。那一次我们在山外的招待所，与招待我们的军官聊到古董，他说在金城有一家特别大的古董店，是由一位小学校长经营的，一定可以找到我想要的东西。

夜里九点多，我们坐军官的吉普车到金城去。金门到了晚上全面宵禁，整座城完全漆黑了，商店与民家偶尔有一盏烛光的电灯。由于地上的沉默与黑暗，更感觉到天上的明星与夜色有着晶莹的光明，天空是很美很美的灰蓝色。

到古董店时，“校长”正与几位朋友喝茶。院子里堆放着石磨、石槽、秤锤。房子里十分明亮，与外边的漆黑有着强烈的对比。

就像一般的古董店一样，名贵的古董都被收在玻璃柜子里，每日整理、擦拭。第二级的古董则在柜子上排成一排一排。我在那些摆着的名贵陶瓷、银器、铜器前绕了一圈，没见到我要的东西。后来“校长”带我到西厢去看，那些不是古董而是民间艺术品，因为没有整理，显得十分凌乱。

最后，我们到东厢去，“校长”说：“这一间是还没有整理的东西，你慢慢看。”他大概已经嗅出我是不会买名贵古董的人，不再为我解说，到大厅里继续和朋友喝茶了。

这样，正合了我的意思，我便慢慢地在昏黄的灯光下寻索检视那些灰尘满布的老东西。我找到两个开着粉红色菊花的明式瓷碗，两个民初的粗陶大碗，一长串从前的渔民用来捕鱼的渔网陶坠。蹲得脚酸，正准备离去时，看到地上的角落开着一朵粉红色的莲花。

拾起莲花，原来是一根汤匙，茎叶从匙把伸出去，在匙心开了一朵粉红色的莲花。卖古董的人说：“是从前富贵人家喝莲子汤用的。”

买古董时有一个方法，就是挑到最喜欢的东西要不动声色、毫不在乎。结果，汤匙以五十元就买到了。

我非常喜欢那根莲花汤匙，在黑夜里赶车回山外的路上，感觉到金门的晚上真美，就好像一朵粉红色的莲花开在汤匙上。

回来，舍不得把汤匙收起来，经常拿出来用。每次用的时候就会想起，一百多年前或者曾有穿绣花鞋、戴簪珠花的少女在夏日的窗前迎风喝冰镇莲子汤，不禁感到时空的茫然。小小如一根汤匙，可能就流转过百年的时间，走过千百里空间，被许多不同的人使用，这算不算是一种轮回呢？如果依情缘来说，说不定在某一个前世我就用过这根汤匙，否则，怎么会千里迢迢跑到金门，而在最偏僻的角落与它相会呢？这样一想，使我怅然。

现在它竟落地成为七片。我把它们一一拾起，端视着不知道要不要把碎片收藏起来。对于一根汤匙，一旦破了就一点用处也没有了，就好像爱情一样，破碎便难以缝补，但是，曾经宝爱的东西总会有一点不舍的心情。

我想到，在从前的岁月里，不知道打破过多少汤匙，却从来没有一次像这一次，使我为汤匙而叹息。其实，所有的汤匙本来都是一块泥土，在它被匠人烧成的那一天就注定有一天会被打破。我的伤感，只不过是它正好在我的手里打破，而它正好画了一朵很美的莲花，正好又是一个古董罢了。

这个世界的一切事物都只不过是偶然。一撮泥土偶然被选取，偶然被烧成，偶然被我得到，偶然地被打破……在偶然之中，我们有时误以为是自己做主，其实是无自性的，在时空中偶然的生灭。

在偶然中，没有破与立的问题。我们总以为立是好的，破是坏的，其实不是这样。以古董为例，如果全世界的古董都不会破，古董终将一文不值；以花为例，如果所有的花都不会凋谢，那么花还会有什么价值呢？如果爱情都能不变，我们将不能珍惜爱情；如果人都不会死，我们必无法体会出生存的意义。然而也不能因为破立无端，就故意求破。大慧宗杲曾说：“若要径截理会，需得这一念子噗地一破，方了得生死，方名悟人。然切不可存心待破。若存心破处，则永劫无有破时。但将妄想颠倒的心、思量分别的心、好生恶死的心、知见解会的心、欣静厌闹的心，一时按下。”

大慧说的是悟道的破，是要人回到主体的直观，在生活里不也是这样吗？一根汤匙，我们明知它会破，却不能存心待破，而是在未破之时真心地珍惜它，在破的时候去看清：“呀，原来汤匙是泥土做的。”

这样我们便能知道僧肇所说的：“不动真际为诸法立处。非离真而立处，立处即真也。然则道远乎哉？触事而真。圣远乎哉？体之即神。”（一个不动的真实才是诸法站立的地方，不是离开真实另有站立之处，而是每一个站立的地方都是真实的。每接触的事物都有真实，道哪里远呢？每有体验之际就有觉意，圣哪里遥远呀？）

我宝爱一根汤匙，是由于它是古董，它又画了一朵我最喜欢的莲花，才使我因为心疼而失去真实的观察。如果回到因缘，僧肇也说得很好。他说：

> 物从因缘故不有，缘起故不无，寻理即其然矣。所以然者，夫有若真有，有自常有，岂待缘而后有哉？譬彼

真无，无自常无，岂待缘而后无也。若有不自有，待缘而后有者，故知有非真有。有非真有，虽有不可谓之有矣。

一根莲花汤匙，若从因缘来看，不是真实的有，可是在缘起的那一刻又不是无的。一切有都不是真有，而是等待因缘才有，犹如一撮泥土成为一根汤匙需要许多因缘；一切无也不是真的无，就像一根汤匙破了，我们的记忆中它还是有的。

我们的情感，乃至于生命，也和一根汤匙没有两样，“捏一块泥，塑一个我”，我原是宇宙间的一把客尘，在某一个偶然中，被塑成生命，有知、情、意，看起来是有的、是独立的，但缘起缘灭，终又要散灭于大地。我有时候长夜坐着，看看四周的东西，在我面前的是一张清朝的桌子，我用来泡茶的壶是民初的，每一样都活得比我还久，就连架子上我在海边拾来的石头，是两亿七千万年前就存在于这个世界了。这样想时，就会悚然而惊，思及“世间无常，国土危脆”，感到人的生命是多么薄脆。

在因缘的无常里，在危脆的生命中，最能使我们坦然活着的，就是马祖道一说的“平常心”了。在行住坐卧、应机接物都有平常心地，知道“月影有若干，真月无若干；诸源水有若干，水性无若干；森罗万象有若干，虚空无若干；说道理有若干，无碍慧无若干”。（马祖语）找到真月，知道月的影子再多也是虚幻，看见水性，则一切水源都是源头活水……

三祖僧璨说："莫逐有缘，勿住空忍。一种平怀，泯然自尽。"这"一种平怀"说得真好。以一种平坦的怀抱来生活，来观照，那生命的一切烦恼与忧伤自然就灭去了。

我把莲花汤匙的破片丢入垃圾桶，让它回到它来的地方。这时，我闻到了院子里的含笑花很香很香，一阵一阵，四散飞扬。

幸福的开关

一直到现在，我每看到在街边喝汽水的孩童，总会多注视一眼。而每次走进超级市场，看到满墙满架的汽水、可乐、果汁饮料，心里则颇有感慨。

看到这些，总令我想起童年时代想要喝汽水而不可得的景况，在台湾初光复不久的那几年，乡间的农民虽不致饥寒交迫，但是想要三餐都吃饱似乎也不太可得，尤其是人口众多的家族，更不要说有什么零嘴饮料了。

我小时候对汽水有一种特别奇妙的向往，原因不在汽水有什么好喝，而是由于喝不到汽水。我们家是有几十口人的大家族，小孩依大排行就有十八个之多，记忆里东西仿佛永远不够吃，更别说是喝汽水了。

喝汽水的时机有三种，一种是喜庆宴会，一种是过年的年夜饭，一种是庙会节庆。即使有汽水，也总是不够喝，到要喝汽水时好像进行一个隆重的仪式，十八个杯子在桌上排成一列，依序各倒半杯，几乎喝一口就光了，然后大家舔舔嘴唇，觉得汽水的滋味真是鲜美。

有一回，我走在街上的时候，看到一个孩子喝饱了汽水，站在屋檐下呕气，呕——长长的一声，我站在旁边简直看呆了，羡慕得要死掉，忍不住忧伤地自问道：什么时候我才能喝汽水喝到饱？什么时候才能喝汽水喝到呕气？因为到读小学的时候，我还没有尝过喝汽水喝到呕气的滋味，心想，能喝汽水喝到把气呕出来，不知道是何等幸福的事。

当时家里还点油灯，灯油就是煤油，闽南语称作“臭油”或“番仔油”。有一次我的母亲把臭油装在空的汽水瓶里，放置在桌脚旁，我趁大人不注意，一个箭步就把汽水瓶拿起来往嘴里灌，当场两眼翻白、口吐白沫，经过医生的急救才活转过来。为了喝汽水而差一点丧命，后来成为家里的笑谈，却并没有阻绝我对汽水的向往。

在小学三年级的时候，有一位堂兄快结婚了，我在他结婚的前一晚竟辗转反侧地失眠了，我躺在床上暗暗地发愿：明天一定要喝汽水喝到饱，至少喝到呕气。

第二天我一直在庭院前窥探，看汽水送来了没有。到上午九点多，看到杂货店的人送来几大箱的汽水，堆叠在一处，我飞也似的跑过去，提了两大瓶黑松汽水，就往茅房跑去。彼时农村的厕所都盖在远离住屋的几十米之外，有一个大粪坑，几星期才清理一次，我们小孩子平时是很恨进茅房的，卫生问题通常是就地解决，因为里面实在太臭了。但是那一天我早计划好要在里面喝汽水，那是家里唯一隐秘的地方。

我把茅房的门反锁，接着打开两瓶汽水，然后以一种虔诚的心情，把汽水咕嘟咕嘟地往嘴里灌，就像灌蟋蟀一样，一瓶汽水一会儿就喝光了，几乎一刻也不停地，我把第二瓶汽水也灌进腹中。

我的肚子整个胀起来，我安静地坐在茅房地板上，等待着呕气，慢慢地，肚子有了动静，一股沛然莫之能御的气翻涌出来，呕——汽水的气从口鼻冒了出来，冒得我满眼都是泪水，我长长地叹了一口气："这个世界上再也没有比喝汽水喝到呕气更幸福的事了吧！"然后朝圣一般打开茅房的木栓，走出来，发现阳光是那么温暖明亮，好像从天上回到了人间。

每一粒米都充满幸福的香气

在茅房喝汽水的时候，我忘记了茅房的臭味，忘记了人间的烦恼，觉得自己是世上最幸福的人，一直到今天我还记得那年叹息的情景，当我重复地说："这个世界上再也没有比喝汽水喝到呕气更幸福的事了吧！"心里百感交集，眼泪忍不住就要落下来。

贫困的岁月里，人也能感受到某些深刻的幸福，像我常记得添一碗热腾腾的白饭，浇一匙猪油、一匙酱油，坐在"户定"（厅门的石阶）前细细品味猪油拌饭的芳香，那每一粒米都充满了幸福的香气。

有时这种幸福不是来自食物，我记得当时在我们镇上住了一位卖酱菜的老人，他每天下午的时候都会推着酱菜摊子在村落间穿梭。他沿路都摇着一串清脆的铃铛，在很远的地方就可以听见他的铃声，每次他走到我们家的时候，都在夕阳将落下之际，我一听见他的铃声跑出来，就看见他浑身都浴在黄昏柔美的霞光中，那个画面、那串铃声，使我感到一种难言的幸福，好像把人心灵深处的美感全唤醒了。

有时幸福来自于自由自在地在田园中徜徉了一个下午。

有时幸福来自于看到萝卜田里留下来做种的萝卜，开出一片宝蓝色的花。

有时幸福来自于家里的大狗突然生出一窝颜色都不一样的、毛茸茸的小狗。

生命的幸福原来不在于人的环境、人的地位、人所能享受的物质，而在于人的心灵如何与生活对应。因此，幸福不是由外在事物决定的，贫困者有贫困者的幸福，富有者有富有者的幸福，位尊权贵者有其幸福，身份卑微者也有其幸福。在生命里，人人都是有笑有泪；在生活中，人人都有幸福与忧恼，这是人间世界真实的相貌。

从前，我在乡间城市穿梭做报道访问的时候，常能深刻地感受到这一点，坐在夜市喝甩头仔米酒配猪头肉的人民，他感受到的幸福往往不逊于坐在大饭店里喝XO的富豪。蹲在寺庙门口喝一斤二十元粗茶的农夫，他得到的快乐也不逊于喝冠军茶的人。围在甘蔗园呼幺喝六，输赢只有几百元的百姓，他得到的刺激绝对不输于在梭哈台上输赢几百万的豪华赌徒。

这个世界原来就是个相对的世界，而不是绝对的世界，因此幸福也是相对的，不是绝对的。

由于世界是相对的，使得到处都充满缺憾，充满了无奈与无言的时刻。但也由于相对的世界，使得我们不论处在任何景况，都还有幸福的可能，能在绝壁之处也见到缝中的阳光。

我们幸福的感受不全然是世界所给予的，而是来自我们对外在或内在的价值判断，我们的幸福与否，正是由自我的价值观来决定的。

以直观来面对世界

如果，我们没有预设的价值观呢？如果，我们可以随环境调整自己的价值判断呢？

就像一个不知道金钱、物质为何物的赤子，他得到一千元的玩具与十元的玩具，都能感受到一样的幸福。这是他没有预设的价值观，能以直观来面对世界，世界也因此以幸福来面对他。

就像我们收到陌生者送的贵重礼物，给我们的幸福感还不如知心朋友寄来的一张卡片。这是我们随环境来调整自己的判断，能透视物质包装内的心灵世界，幸福也因此来面对我们的心灵。

所以，幸福的开关有两个，一个是直观，一个是心灵的品味。

这两者不是来自远方，而是由生活的体会得到的。

什么是直观呢?

有源律师问大珠慧海禅师："和尚修道，还用功否?"

大珠："用功。"

"如何用功?"

"饿来吃饭，困来眠。"

"一切人总如同师用功否?"

"不同!"

"何故不同?"

"他吃饭时不肯吃饭，百种需索；睡时不肯睡，千般计较，所以不同也。"

好好地吃饭，好好地睡觉就是最大的幸福，最深远的修行，这是多么伟大的直观！在禅师的语录里有许多这样的直观，都是在教导启示我们找到幸福的开关，例如：

百丈怀海说："如今对五欲八风，情无取舍，垢净俱亡，如日月在空，不缘而照；心如木石，亦如香象截流而过，更无滞碍，此人天堂地狱所不能摄也。"

庞蕴居士说："神通并妙用，运水与搬柴。""好雪片片，不落别处。”

沩山灵祐说：“一切时中，视听寻常，更无委曲，亦不闭眼塞耳，但情不附物，即得。……譬如秋水澄清，清净无为，澹泞无碍，唤他作道人，亦名无事之人。”

黄檗希运：“凡人多不肯空心，恐落空。不知自心本空，愚人除事不除心，智者除心不除事。”“终日吃饭，未曾咬着一粒米；终日行走，未曾踏着一片地。与么时，无人我等相，终日不离一切事，不被诸境惑，方名自在人。”

在禅师的话语中，我们在处处都看见了一个人如何透过直观，找到自心的安顿、超越的幸福。若要我说世间的修行人所为何事，我可以如是回答：“是在开发人生最究竟的幸福。”这一点禅宗四祖道信早就说过了，他说：“快乐无忧，故名为佛！”读到这么简单的句子使人心弦震荡，久久还绕梁不止，这不是人间最大的幸福吗？

只是在生命的起落之间，要人永远保有“快乐无忧”的心境是何其不易，那是远远越过了凡尘的青山与溪河的胸怀。因此另一个开关就显得更平易了，就是心灵的品味，仔细地体会生活环节的真义。

垂丝千尺，意在深潭

现代诗人周梦蝶，他吃饭很慢很慢，有时吃一顿饭要两个多小时，有一次我问他：“你吃饭为什么那么慢呢？”

他说：“如果我不这样吃，怎么知道这一粒米与下一粒米的滋味有什么不同。”

我从前不知道他何以能写出那样清新空灵、细致无比的诗歌，听到这个回答时，我完全懂了，那是自心灵细腻的品味，有如百千明镜鉴像，光影相照，使我们看见了幸福原是生活中的花草，粗心的人践花而过，细心的人怜香惜玉罢了。

这正是黄龙慧南说的：“高高山上云，自卷自舒，何亲何疏；深深涧底水，遇曲遇直，无彼无此。众生日用如云水，云水如然人不尔。若得尔，三界轮回何处起？”

也是克勤圆悟说的：“三百六十骨节，一一现无边妙身；八万四千毛端，头头彰宝王刹海。不是神通妙用，亦非法尔如然，苟能千眼顿开，直是十方坐断！”

众生在生活里的事物就像云水一样，云水如此，只是人不能自卷自舒、遇曲遇直，都保持幸福之状。保有幸福不是什么神通，只看人能不能千眼顿开，有一个截然的面对。

“垂丝千尺，意在深潭。”我们若想得到心灵真实的归依处，使幸福有如电灯开关，随时打开，就非时时把品味的丝线放到千尺以上不可。

人间的困厄横逆固然可畏，但人在横逆困厄之际，没有自处之道，不能找到幸福的开关才是最可怕的。因为这世界的困境牢笼不光为我一个人打造，人人皆然，为什么有的人幸福，有的人不幸，实在值得深思。

我有一位朋友，是一家大公司的经理，有一天，我约他去吃番薯稀饭，他断然拒绝了。

他说："我从小就是吃番薯稀饭长大的，十八岁那一年我坐火车离开彰化家乡，在北上的火车上我对天发誓：这一辈子我宁可饿死，也不会再吃番薯稀饭了。"

我听了怔在当地。就这样，他二十年没有吃过一口番薯，也许是这样决绝的志气与誓愿，使他步步高升，成为许多人欣羡的成功者。不过，他的回答真是令我惊心，因为在贫困岁月抚养我们成长的番薯是无罪的呀！

当天夜里，我独自去吃番薯稀饭，觉得这被目为卑贱象征的地瓜，仍然滋味无穷，我也是吃番薯稀饭长大的，但不管何时何地吃它，总觉得很好，充满了感恩与幸福。

走出小店，仰望夜空的明星，我听到自己步行在暗巷中清晰而渺远的足音，仿佛是自己走在空谷之中，我知道，我们走过的每一步不一定是完美的，但每一步都有值得深思的意义。

只是，空谷足音，谁愿意驻足聆听呢？

雪梨的滋味

不知道为什么，所有的水果里，我最喜欢的是梨；梨不管在什么时间，总是给我一种凄清的感觉。我住处附近的通化街，有一条卖水果的街，走过去，在水银灯下，梨总是洁白的从摊位中跳脱出来，好像不是属于摊子里的水果。

总是记得我第一次吃水梨的情况。

在乡下长大的孩子，水果四季不缺，可是像水梨和苹果却无缘会面，只在梦里出现。我第一次吃水梨是在一位亲戚家里，亲戚刚从海外回来，带回一箱高贵的水梨，一再强调它是多么不易地横越千山万水来到。我抱着水梨就坐在客厅的角落吃了起来，因为觉得是那么珍贵的水果，就一口口细细地咀嚼着，没想到吃不到一半，水梨就变黄了，我站起来，告诉亲戚："这水梨坏了。"

"怎么会呢？"亲戚的孩子惊奇着。

"你看，它全变黄了。"我说。

亲戚虽一再强调，梨削了一定要一口气吃完，否则就会黄的，但是不管他说什么，我总不肯再吃，虽然水梨的滋味是那么鲜美，我的倔强把大人都弄得很尴尬。最后亲戚笑着说："这孩子还是第一次吃梨呢！"

后来我才知道，梨的变黄是因为氧化作用，私心里对大人们感到歉意，却也来不及补救了。从此我一看到梨，就想起童年吃梨时令人脸红的往事，也从此特别地喜欢吃梨，好像在为着补偿什么。

在我的家乡，有一个旧俗，就是梨不能分切来吃，因为把梨切开，在乡人的观念里认为这样是要"分离"的象征。我们家有五个孩子，常常望着一两个梨兴叹，兄弟们让来让去，那梨最后总是到了我的手里，妈妈的理由很简单：因为我身体弱，又特别爱吃水梨。

直到家里的经济好转，台湾也自己出产水梨，那时我在外地求学，每到秋天，我开学要到学校去，妈妈一定会在我的行囊里悄悄塞几个水梨，让我在客运车上吃。我虽能体会到妈妈的爱却不能深知梨的意义。

直到我服兵役在野战部队，行踪不定，回家的日子经常匆匆有时候夜半返家，清晨就要归营，妈妈也会分外起早，到市场买两个水梨，塞在我野战夹克的口袋里。我坐在疾行的火车要回到营房的路途上，就把水梨拿在手上，反复地摩挲着，舍不得吃，才知道一个小小的水梨，竟是代表了妈妈多少的爱意和思念，这些情绪在吃水梨时，就像梨汁一样，满溢了出来。

有一年暑假，我为了爱吃梨，跑到梨山去打工。梨山的早晨是清冷的，水梨被一夜的露气冰镇，吃一口，就凉到心底。由于农场主人让我们免费吃梨，和我一起打工的伙伴，没几天就吃怕了，偏就是我百吃不厌，每天都是吃饱了水梨，才去上工。那一年暑假是我学生时代最快乐的暑假，梨有时候不只象征分离，它也可以充满温暖。

记得爸爸说过一个故事，他生在日本人统治的时代，读小学的时候，日本老师常拿出烟台的苹果和天津的雪梨给他们看，说哪一天打倒中国，他们就可以在山东吃大苹果，在天津吃天下第一的雪梨。爸爸对梨的记忆因此有一些伤感，他每吃梨就对我们说一次这个故事，梨在这时很不单纯，它有国仇家恨的滋味。日本人为了吃上好的苹果和梨，竟用武士刀屠杀了数千万中国同胞。

有一次，我和妻子到香港，正是天津雪梨盛产的季节，有很多梨销到香港，香港卖水果的摊子都供应“雪梨汁”，一杯五元港币。在我寄住的旅馆楼下正好有一家卖雪梨汁的水果店，我们每天出门前，就站在人车喧闹的尖沙咀街边喝雪梨汁；雪梨汁的颜色是透明的，温凉如玉，清香不绝如缕，到现在我还无法用文字形容那样的滋味；因为在那透明的汁液里，我们总喝到了似断还未断的乡愁。

天下闻名的天津雪梨，表皮有点青绿，个头很大，用刀子一削，就露出晶莹如白雪的肉来，梨汁便即刻随刀锋起落滴到地上。我想，这样洁白的梨，如果染了血，一定会显得格外殷红，我对妻子说起爸爸小学时代的故事，妻子说："那些梨树下不知道溅了多少无辜的血呢！"

可惜的只是，那些血早已埋在土里，并没有染在梨上，以至于后世的子孙，有许多已经对那些梨树下横飞的血肉失去了记忆。可叹的是，日本人恐怕还念念不忘天津雪梨的美味吧！

水梨，现在是一种普通的水果，满街都在叫卖，我每回吃梨，就有种种滋味浮上心头；最强烈的滋味是日本人给的，他们曾在梨树下杀过我们的同胞，到现在还对着梨树喧嚷，满街过往的路客，谁想到吃梨有时还会让人伤感呢？

一九八二年十月十三日

妈妈的声音

母亲节的前几天，电视不断播出麦当劳爆炸案嫌犯陈希杰妈妈的访问录音，那心碎而哀伤的声音每次播出，总使我的心为之震动，先是呼唤陈希杰出来投案说明，后来呜咽地叫儿子不要做傻事自杀，应该勇敢地出来承担。

我不知道陈希杰是不是会在某一个角落听见妈妈的声音，以传播媒体的无远弗届，他一定是会听到的，是不是也会像我们这些旁观的人一样，为之心痛落泪呢？

这也使我想到因麦当劳爆炸案而殉职的警员杨季章，他的母亲接受媒体访问，一句话还没有说完，就昏倒了。那声音虽短，却凄厉、惨痛，充满了无与伦比的悲哀。

接着，我们听到了因爆炸案受伤的麦当劳员工陈建中母亲的声音，面对四肢可能残缺、左眼可能失明的儿子，她的声音无助、痛苦而哀怨。

我从这些不同的母亲的声音里，听见了无限与深刻的爱，不论是歹徒的妈妈、警察的妈妈还是无辜受伤者的妈妈，她们对自己的孩子充满了爱意，特别是在邻近母亲节的时候听起来，感觉到：天下的妈妈都是一样的。

使我不禁想到：如果天下人都愿意多听妈妈的声音、妈妈的叮咛；多想想做一件事时对妈妈可能带来的伤害、妈妈可能蒙受的羞辱，那么天底下的恶事大部分都可以在事前消弭了。

我们这个时代的青年，愈来愈少人愿意听妈妈的声音，可能是基于几个原因，一是自主性愈来愈强，每个人都很酷，妈妈的话语通常是比较保守，比较安全，也比较不酷的。二是生活太不易而忙碌，很少人有时间待在家里，听妈妈教诲或倾诉的时间太少了。三是妈妈那一代的人往往因为环境的关系，无法接受好的教育，在一般人心里就会感觉妈妈是比较落伍的，“好意的叮咛”往往被看成“无知的牢骚”。

但是，我认为妈妈所表达的爱意，并不会由于这些原因而有改变，所有的母亲一定是衷心希望孩子能成材成器的，即使不能成为伟大或成功的人，至少也期待孩子能平安度日。如果我们能以这种期待作为行为的准绳，自然就不会做出伤害母亲、令母亲蒙羞的事。

因此对于那些社会上公认的恶徒，我宁可相信他们也有好的、慈爱的母亲。一个人会为恶，不一定是缺少父母的慈爱，往往是忽视了父母的期待与叮咛，或者说是“利令智昏”，在利诱之下，忘记了妈妈的声音。

以陈希杰为例，他长得一表人才，家里的几个兄弟都很杰出，在师长与邻居的眼中也是有教养的、乖巧的青年，我相信他的母亲一定也和天下人的母亲一样，是慈爱的、常给孩子教诲与叮咛的母亲。

可惜为了六百万元，一个有为的青年，就这样断送了前途。反过来想，一个人可以自己研究，做出这么精密的炸弹，头脑是一流的、双手也是灵巧的；能那样从容不迫地去安置炸弹，心思也是非常细密坚强的；据他的女友表示，他为人温柔，英语也说得很好；以这样的条件，如果肯努力工作，可以过很平安的生活，如果机运来了，赚六百万元也并不是什么难事，何苦为了六百万作奸犯科呢？——我想这也是陈希杰的母亲和他的家人感到最悲哀的事吧！

“阿杰！你如果听到妈妈的声音，就赶快回家，或跟家人联络，不要做傻事……”

听到这样的声音，谁不哀戚呢？

为了钱财，忘记妈妈的声音；为了傻事，不在意母亲的叮咛；实在是有够可惜。

但愿，陈希杰赶快出来投案，让慈爱的母亲安心；也但愿，在善恶之间彷徨的人，多想一想妈妈的爱与期待，悬崖勒马。

我们突然得到一笔不义的钱财，并不能报答母亲的深恩；唯有踏实地走在人生之路上，凭本事奋斗，带着母亲的爱心前进，并且时常想到天下人都是“彼亦人子，应善待之”，这样才能不辜负母亲的大恩。

在花店看到五月的康乃馨和萱草都开得正盛，想到今年有几位母亲过着悲痛、哀伤、无助的母亲节，不禁心痛，觉得繁花都失了颜色。

一千支银针

一位乡下的小朋友告诉我一个有趣的童话故事，是我从未听说过的，小朋友也不知道出处，我现在把它记录下来：

从前有个国王，他有七个女儿，七位公主各有一千支用来整理她们头发的扣针，每一支都是镶有钻石且非常纤细的银针，扣在梳好的头发上，就好像闪亮的银河上缀满了星星。

有一天早晨，大公主梳头的时候，发现银针只有九百九十九支，有一支不见了。她困惑烦恼不已，但她自私地打开二公主的针箱，悄悄地取出一支针。

二公主也因为少了一支银针而从三公主那里偷了一支，三公主也很为难地偷了四公主的针，四公主偷了五公主的，五公主偷了六公主的，六公主也偷了七公主的，最后被连累的是七公主。

正好第二天国王有贵宾要从远方来，七公主因为少了一支银针，剩下一把长发无法扣住，她整天都焦急地跟侍女在找银针，甚至说："假如有人找到我的银针，我就嫁给他。"

窗外的小树枝听见了，伸进来说："用我的树枝做你的银针吧！"但是树枝过硬，头发会竖起来。

山中的泉水听见了，用它冻结的冰块说："用这冰做银针吧！"但是冷冷的冰一插进头发里就马上融为水滴了。

天上的月亮听见了，说："用我银色的光线做你的银针吧！"但是月光的银线太柔软了，扣不起头发。

七公主无可奈何地叹息说："啊！明天有贵宾要来哩！"

第二天，从远方来的贵宾原来是一位王子，王子手里拿着一支银针，他说："淘气的小鸟在我狩猎的帽子里筑了巢，我发现里面有一支雕有贵城花纹的发针，是不是其中一位公主的？"

六位公主都吵闹及焦急起来，知道那一支银针是自己失落的，可是她们的头发都用一千支银针梳得像银河一样美丽。

"啊！那是我掉的银针！"躲在屋里的七公主急忙跑出来说。

可是王子非但没有还七公主银针，还出神地吻了她，七公主未梳理的长发滴溜溜地垂到脚跟而发亮着……

这个故事的结局就像所有美丽的童话一样："王子和公主从此过着幸福快乐的生活。"听这个故事是在乡下的庭前，出自一位小学女生的口中，她说完故事，抬头望着远山外闪烁晶明的星星，幻想着自己正是那一个失落一支银针的七公主，她全然不知道"失落"也有悲哀的时候，最后她嘴角带着微笑，在星光下睡着了。

但是听完故事的我，到半夜还不能入眠，是一个多么简单的童话呀！竟使我的思绪飘到了天的远方。"一千支银针"对我来说有一种鲜明的象征意义，它象征着命运繁复的节点，每个人在生命的推展过程中，有着许许多多像银针一样能改变命运的因素，它有时是那样细小，连窗外的树、山中的泉、天上的月亮都帮不上忙，但是却改变了一个人的一生。

原来，拥有一千支银针的公主，并不能保证比失落了银针的公主拥有更好的命运。银针的失落与命运的错失本来是具有悲剧感的，但是因为命运小鸟的穿梭，悲剧便成了喜剧，我相信每个人都有过类似的经验。

再想到生命的失落，当然万劫不复的大失落在人间不是没有，然而像银针那么微小的失落，从大的观点来看总是有补偿的，我一直不肯相信生命中有永远的失落，永远的失落只有在自暴自弃的人身上才能找到，我很喜欢培根说的："人们没有哭，便不会有笑；小孩一生下来，便有哭的本领，后来才学会笑；一个人不先了解悲哀，便不会了解快乐。”失落也是如此，人没有失落，就不能体会获得的真切的快乐。尼采所言：“快乐之泉喷得太满，常常冲倒想盛满的杯子。”也是这个道理。

这样想时，对生命的事，对情爱的观点，也就能云淡风轻处之泰然了。每个人若都有一千支银针，不巧失落了一支，不必伤悲；因为我们还有九百九十九支银针，它们仍然能散放光芒，正如天上繁星万盏，有时雨天少了一颗，其他的还是为我们放光。

一九八三年三月三十日

拒绝融化的冰

有一个父亲对他的儿子说："去拿一粒榕树的果实来。"

儿子拿来一粒榕树的果实。

"将它剖开。"父亲说。

"剖开了，爸爸。"儿子说。

"你在里面看到了什么？"

"一些种子，很小的种子。"

"剖开其中的一粒。"

"剖开了，爸爸。"

"你在里面看到了什么？"

"什么也看不到，爸爸。"

父亲于是对儿子说："那微妙的本体是看不见的，使一棵大榕树得以存在的，就是那无相的本体，这是不可见的真，我儿呀，你也是像一粒榕树种子，剖开来一无所见。"

"爸爸，请再教我一些智慧。"儿子向父亲说。

父亲于是给了儿子一包盐，说："将这盐放进一盆水里，明天把盆子端来见我。”

第二天早晨，儿子端盆子来见父亲。

父亲严厉地说：“把你昨晚放进水里的盐拿出来还给我！”

儿子面有难色，因为盐早就化了。

父亲于是说：“尝尝盆里的水，告诉我味道怎么样？”

“咸的。”儿子尝了以后回答。

“中间的水呢？”

“也是咸的。”

“盆底的水呢？”

“也是咸的。”

父亲于是对儿子说：“我儿呀！跟水中的盐一样，在你这个身体里面，你还没有体会到真，是微妙的本体，在水中虽不可见，却能体会到它，水如果晒干了，盐还是在的。我儿呀，你也是这样，虽一无所见，却是存在的。”

这是印度古籍《圣都格耶奥义书》里的故事，我觉得很可以拿来讲佛教的“空义”，或禅宗的“自性”，空不是虚无，虽不能见，却是存在的；自性的种子剖开来什么也没有，而法身的大树却是从其中生长的。那种感觉就像我们的呼吸，我们看不见入息和出息，却在我们的身体里进进出出，我们不能说它是无，因为它有一种实感；也不能说它是有，因为我们并无法抓住或保留在我们身体进出的气息。吹气球也是如此，我们把四周的气吸来，吹进气球里，无法辨别说明那是空中本来有的气呢，还是我们身上的气？气球有一天会爆掉，空气又回到空中，或者我们会吸进一些，又吹进另一个气球，那样循环往复，没有定相。我们的身心也只是一个气球吧，在空中组合而成，有一天又回到空中。

如此思维，使我不禁又要想起释迦牟尼佛在菩提树下证道说出的第一句话：

> 奇哉！众生皆有如来智慧德相，只因妄想执着不能证得！

使我们不能找到种子本体（如来智慧），不能体会水中之盐（德相）的正是妄想和执着呀！

“妄想”就是以虚妄颠倒的心，来分别诸法之相，无法如实地知见事物。妄想来自两方面，一方面是今生意识经验所生的妄想，一方面是无穷尽的前世所熏习而与生俱来的妄想。

“执着”是由于虚妄分别的心，对事物或事理固执不舍。执着又分两种，一种是不知道人我众生是五蕴的假合，执着人我为本体的存在，称为“我执”“人执”或“众生执”。第二种是不知五蕴之法为虚幻不实的“空”，执着法我为实体，称为“法执”。

所以说，执着是由妄想而起的，而妄想则来自于习气和无明。这些都不是一朝一夕的事，而是长久熏习于妄想与执着的因缘而导致，就好像一盆水要结成一块冰一样，必须经过一个渐渐凝固的过程；反过来说，冰要融化成水，也要点点滴滴地融解。

水与冰的体性并没有不同，妄想执着的冰融化了，就会成为智慧德相的水。因而真正使人生可悲的，并不是妄想会结冰，而是结了冰拒绝融化、拒绝觉悟、拒绝开启智慧，守在妄想与执着的幻城之中。

古灵神赞禅师说："灵光独耀，回脱根尘，体露真常，不拘文字；心性无染，本自圆成，但离妄缘，即如如佛。"这是一种完全融化的境界，若不离开"妄想执着之缘"，就不会有这种境界了。

只有开始从妄想执着融化的人，才会懂得什么叫慈悲、什么叫澄明、什么叫柔软，逐渐走向圆融的智慧之路；当我们真正融化，就不会贪求、占有、嫉妒、暴力或躁进，我们的不幸和痛苦也会因而融解，得到轻松、自在、和谐的自由之心。

我喜欢里尔克的一首短诗，他说：

我一人不能独存，
在我面前行进
并从我身边流开的许多人，

都在缠绕，
在缠绕
那是我的我。

呀，因为我们生而为人，任何人的死都会使我损失，任何人的欢欣都会使我高兴，任何人的智慧都使我得到开启……因为我是人的一分子，我融化了。

让我们一起融化吧！让我们化入水中，不坚守自己的寒冰，让我们剖开生命大树的种子，看看一株树本体的奥秘吧！

让我们，彼此彼此，彼此彼此，互相融化，如光与光交错，灯与灯互相照亮吧！

家家有明月清风

到台北近郊登山，在陡峭的石阶中途，看见一个不锈钢桶放在石头上，外面用红漆写了两个字“奉水”，桶耳上挂了两个塑胶茶杯，一红一绿。在炎热的天气里喝了清凉的水，让人在清凉里感觉到人的温情，这桶水是由某一个居住在这城市里陌生的人所提供的，他是每天清晨太阳未升起时就抬这么重的一桶水来，那细致的用心是颇能体会到的。

在烟尘滚滚的尘世，人人把时间看得非常重要，因为时间就是金钱，几乎到了没有人愿意为别人牺牲一点点时间的地步，即使是要好的朋友，如果没有重要的事情，也很难约集。但是当我在喝“奉水”的时候，想到有人在这上面花了时间与心思，牺牲自己的力气，就觉得在忙碌转动的世界，仍然有从容活着的人，他为自己的想法去实践某些奉献的真理，这就是“滔滔人世里，不受人惑的人”。

这使我想起童年住在乡村，在行人路过的路口，或者偏僻的荒村，都时常看到一只大茶壶，上面写着“奉茶”，有时还特别钉一个木架子把茶壶供奉起来。我每次路过“奉茶”，不管是不是口渴，总会灌一大杯凉茶，再继续前行，到现在我都记得喝茶的竹筒子，里面似乎还有竹林的清香。

我稍稍懂事的时候，看到了“奉茶”，总会不自禁地想起乡下土地公庙的样子，感觉应该把放置“奉茶”者的心供奉起来，让人瞻仰，他们就是自己土地上的土地公，对土地与人民有一种无言无私之爱，这是“凡劳苦担重担的人，都到我这里来，我必使他得清凉”的胸怀。我想，有时候人活在这个人世，没有留下任何名姓也不是什么要紧的事，只要对生命与土地有过真正的关怀与付出，就算尽了人的责任。

很久没有看见“奉茶”了，因此在台北郊区看到“奉水”时竟低徊良久，到底，不管是茶是水，在乡在城，其中都有人情的温热。山道边一杯微不足道的凉水，使我在爬山的道途中有了很好的心情，并且感觉到不是那么寂寞了。

到了山顶，没想到平台上也有一只完全相同的钢桶，这时写的不是“奉水”，而是“奉茶”，两个塑胶茶杯，一黄一蓝，我倒了一杯来喝，发现茶是滚热的。于是我站在山顶俯视烟尘飞扬的大地，感觉那准备这两桶茶水的人简直是一位禅师了。在完全相同的桶里，一冷一热，一茶一水，连杯子都配得恰恰刚好，这里面到底是隐藏着怎么样的一颗心呢？

我一直认为不管时代如何改变，在时代里总会有一些卓然的人，就好像山林无论如何变化，在山林中总会有一些清越的鸟声一样。同样的，人人都会在时间里变化，最常见的变化是从充满诗情画意逍遥的心灵，变成平凡庸俗而无可奈何，从对人情时序的敏感，成为对一切事物无感。我们在股票号子（这“号子”取名真好，有点像古代的厕所）里看见许多瞪着广告牌的眼睛，那曾经是看云、看山、看水的眼睛；我们看签六合彩的双手，那曾经是写过情书与诗歌的手；我们看为钱财烦恼奔波的那双脚，那曾经是在海边与原野散过步的脚。我们的眼耳鼻舌身意看起来仍然与二十年前无异，可是在本质上，有时中夜照镜，已经完全看不出它们的联结，那理想主义的、追求完美的、每一个毛孔都充满光彩的我，究竟何在呢？

清朝诗人张灿有一首短诗：“书画琴棋诗酒花，当年件件不离它。而今七事都更变，柴米油盐酱醋茶。”很能表达一般人在时空中流转的变化，从“书画琴棋诗酒花”到“柴米油盐酱醋茶”，人的心灵必然是经过了一番极大的动荡与革命，只是凡人常不自觉自省，任庸俗转动罢了。其实，有伟大怀抱的人物也未能免俗，梁启超有一首《水调歌头》我特别喜欢，其后半阕是：“千金剑，万言策，两蹉跎。醉中呵壁自语，醒后一滂沱。不恨年华去也，只恐少年心事，强半为销磨。愿替众生病，稽首礼维摩。”我自己的心境很接近梁任公的这首词，人生的际遇不怕年华老去，怕的是少年心事的“销磨”，到最后只有“醒后一滂沱”了。

在人生道路上，大部分有为的青年，都想为社会、为世界、为人类“奉茶”，只可惜到后来大半的人都回到自己家里喝老人茶了。还有一些人，连喝老人茶自遣都没有兴致了，到中年还能有“奉茶”的心，是非常难得的。

有人问我，这个社会最缺的是什么东西?

我认为最缺的是两种，一是“从容”，一是“有情”。这两种质量是大国民的质量，但由于我们缺少“从容”，因此很难见到步履雍容、识见高远的人；因为缺少“有情”，则很难看见乾坤朗朗、情趣盎然的人。

社会学家把社会分为青年社会、中年社会、老年社会，青年社会有的是“热情”，老年社会有的是“从容”。我们正好是中年社会，有的是“务实”，务实不是不好，但若没有从容的生活态度与有情的怀抱，务实到最后正好是柴米油盐酱醋茶，牺牲了书画琴棋诗酒花。一个彻底务实的人其实是麻木的俗人，一个只知道名利实务的社会，则是僵化的庸俗社会。

在《大珠禅师语录》里记载了禅师与一位讲《华严经》座主的对话，可以让我们看见有情与从容的心是多么重要。

座主问大珠慧海禅师：“禅师信无情是佛否?”

大珠回答说：“不信。若无情是佛者，活人应不如死人；死驴死狗，亦应胜于活人。经云：佛身者，即法身也，从戒定慧生，从三明六通生，从一切善法生。若说无情是佛者，大德如今便死，应作佛去。”

这说明禅的心是有情，而不是无知无感的，用到我们实际的人生也是如此，一个有情的人虽不能如无情者用那么多的时间来经营实利（因为情感是要付出时间的），可是一个人如果随着冷漠的环境而使自己的心也沉滞，则绝对不是人生之福。

人生的幸福在很多时候是得自于看起来无甚意义的事，例如某些对情爱与知友的缅怀，例如有人突然给了我们一杯清茶，例如在小路上突然听见了冰果店里传来一段喜欢的乐曲，例如在书上读到了一首动人的诗歌，例如听见桑间濮上的老妇说了一段充满启示的话语，例如偶然看见一朵酢浆花的开放……总的说来，人生的幸福来自于自我心扉的突然洞开，有如在阴云中突然阳光显露、彩虹当空，这些看来平淡无奇的东西，是在一株草中看见了琼楼玉宇，是由于心中有一座有情的宝殿。

“心扉的突然洞开”，是来自于从容，来自于有情。

生命的整个过程是连续而没有断灭的，因而年纪的增长等于是生活数据的累积，到了中年的人，往往生活就纠结成一团乱麻了，许多人畏惧这样的乱麻，就拿黄金酒色来压制，企图用物质的追求来麻醉精神的僵滞，以至于心灵的安宁和融都展现成为物质的累积。

其实，可以不必如此，如果能有较从容的心情，较有情的胸襟，则能把乱麻的线路抽出、厘清，看清我们是如何地失落了青年时代对理想的追求，看清我们是在什么动机里开始物质权位的奔逐，然后想一想：什么是我要的幸福呢？我最初所想望的幸福是什么？我波动的心为何不再震荡了呢？我是怎么样落入现在这个古井呢？

我时常想起台湾光复初期的童年时代，那时社会普遍的贫穷，可是大部分人都有丰富的人情，人与人间充满了关怀，人情义理也不曾被贫苦生活所昧却，乡间小路的“奉茶”正是人情义理最好的象征。记得我的父亲常挂在嘴上的一句话是：“人活着，要像个人。”当时我不懂这句话的含义，现在才算比较了解其中的玄机。人即使生活条件只能像动物那样，也不应该活得如动物失去人的有情、从容、温柔与尊严。在中国历代的忧患悲苦之中，中国人之所以没有失去特质，实在是来自这个简单的意念：“人活着，要像个人！”

人的贫穷不是来自生活的困顿，而是来自在贫穷生活中失去人的尊严；人的富有也不是来自财富的累积，而是来自在富裕生活里不失去人的有情。人的富有实则是人心灵中某些高贵特质的展现。

家家都有清风明月，失去了清风明月才是最可悲的！

喝过了热乎乎的“奉茶”，我信步走入林间，看到在落叶层缝中有许多美丽的褐色叶片，拾起来一看，原来是褐蝶的双翼因死亡而落失在叶中，看到蝴蝶的翼片与落叶交杂，感觉到蝴蝶结束了一季的生命其实与树叶无异，尘归尘、土归土，有一天都要在世界里随风逝去。

人的身体与蝴蝶的双翼又有什么两样呢？如果在活着的时

候不能自由飞翔，展现这片赤诚的身心，让我们成为宇宙众生迈向幸福的阶梯，反而成为庸俗人类物质化的踏板，则人生就失去其意义，空到人间一回了！

下山的时候，我想，让我恒久保有对人间有情的胸怀，以及一直保持对生活从容的步履；让我永远做一个为众生奉茶供水，在热恼中得到清凉的人。

温一壶月光下酒

逃　情

幼年时在老家西厢房，姐姐为我讲东坡词，有一回讲到《定风波》中“一蓑烟雨任平生”这个句子时让我吃了一惊，仿佛见到一个竹杖芒鞋的老人在江湖道上踽踽独行，身前身后都是烟雨弥漫，一条长路连到远天去。

“他为什么?”我问。

“他什么都不要了。”姐姐说，“所以到后来有‘回首向来萧瑟处，归去，也无风雨也无晴’之句。”

“这样未免太寂寞了，他应该带一壶酒、一份爱、一腔热血。”

“在烟中腾云过了，在雨里行走过了，什么都过了，还能如何？所谓‘来往烟波非定居，生涯蓑笠外无余’，生命的事一经过了，再热烈也是平常。”

年纪稍长，才知道“竹杖芒鞋轻胜马，谁怕？一蓑烟雨任平生”的境界并不容易达致，因为生命中真是有不少不可逃不可抛的东西，名利倒还在其次；至少像一壶酒、一份爱、一腔热血都是不易逃的，尤其是情爱。

记得日本小说家武者小路实笃曾写过一个故事，传说有一个久米仙人，在尘世里颇为情苦，为了逃情，入山苦修成道，一天腾云游经某地，看见一个浣纱女足胫甚白，久米仙人为之目眩神驰，凡念顿生，飘忽之间，已经自云头跌下。可见逃情并不是苦修就可以得到。

我觉得“逃情”必须是一时兴到，妙手偶得，如写诗一样，也和酒趣一样，狂吟浪醉之际，诗涌如浆，此时大可以用烈酒热冷梦，一时彻悟。倘若苦苦修炼，可能达到“好梦才成又断，春寒似有还无”的境界，离逃情尚远，因此一见到“乱头粗服，不掩国色”的浣纱女，就坠落云头了。

前年冬天：我遭到情感的大创巨痛，曾避居花莲逃情，繁星冷月之际，与和尚们谈起尘世的情爱之苦，谈到凄凉处，连和尚都泪不能禁。如果有人问我：“世间情是何物？”我会答曰：“不可逃之物。”连冰冷的石头相碰都会撞出火来，每个石头中事实上都有火种，可见再冰冷的事物也有感性的质地，情何以逃呢？

情仿佛是一个大盆，再善游的鱼也不能游出盆中，人纵使能相忘于江湖，但情是比江湖更大的。

我想，逃情最有效的方法可能是更勇敢地去爱，因为情可以病，也可以治病；假如看遍了天下足胫，浣纱女再国色天香也无可如何了。情者是堂堂巍巍，壁立千仞，从低处看是仰不见顶，自高处观是俯不见底，令人不寒而栗，但是如果在千仞上多走几遭，就没有那么可怖了。

理学家程明道曾与弟弟程伊川共同赴友人宴席，席间友人召妓共饮，伊川正襟危坐，目不斜视，明道则毫不在乎，照吃照饮。宴后，伊川责明道不恭谨，明道先生答曰："目中有妓，心中无妓！"这是何等洒脱的胸襟，正是"云月相同，溪山各异"，是凡人所不能致的境界。

说到逃情，不只是逃人世的情爱，有时候心中有挂也是情牵。有一回，暖香吹月时节与友在碧潭共醉，醉后扶上木兰舟，欲纵舟大饮，朋友说："也要楚天阔，也要大江流，也要望不见前后，才能对月再下酒。"死拒不饮，这就是心中有挂，即使挂的是楚天大江，终不能无虑，不能万情皆忘。

以前读《词苑丛谈》，其中有一段故事：

> 后周末，汴京有一石氏开茶坊，有一个乞丐来索饮，石氏的幼女敬而与之，如是者达一个月，有一天被父亲发现了打她一顿，她非但不退缩，反而供奉益谨。乞丐对女孩说："你愿喝我的残茶吗？"女嫌之，乞丐把茶倒

一部分在地上，满室生异香，女孩于是喝掉剩下的残茶，一喝便觉神清体健。

乞丐对女孩说："我就是吕仙，你虽然没有缘分喝尽我的残茶，但我还是让你求一个愿望。"女只求长寿，吕仙留下几句话："子午当餐日月精，元关门户启还扃，长似此，过平生，且把阴阳仔细烹。"遂飘然而去。

这个故事让我体察到万情皆忘，"且把阴阳仔细烹"实在是神仙的境界，石姓少女已是人间罕有，还是忘不了长寿，忘不了嫌恶，最后仍然落空，可见情不但不可逃，也不可求。

年岁越长，越觉得苏东坡"一蓑烟雨任平生""也无风雨也无晴"词意之不可得，想东坡也有"春色三分，二分尘土，一分流水。细看来，不是杨花，点点是离人泪"的情思；有"但愿人长久，千里共婵娟"的情愿；有"念故人老大，风流未减，独回首，烟波里"的情怨；也有"若待得君来向此，花前对酒不忍触。共粉泪，两簌簌"的情冷，可见"一蓑烟雨任平生"只是他的向往。

情何以可逃呢?

煮　雪

传说在北极的人因为天寒地冻，一开口说话就结成冰雪，对方听不见，只好回家慢慢地烤来听……

这是个极度浪漫的传说，想是多情的南方人编出来的。

可是，我们假设说话结冰真有其事，也是颇有困难，试想：回家烤雪煮雪的时候要用什么火呢？因为人的言谈是有情绪的，煮得太慢或太快，都不足以表达说话时的情绪。

如果我生在北极，可能要为煮的问题烦恼半天，与性急的人交谈，回家要用大火煮烤；与性温的人交谈，回家要用文火。倘若与人吵架呢？回家一定要生个烈火，才能声闻当时哔哔剥剥的火爆声。

遇到谈情说爱的时候，回家就要仔细酿造当时的气氛，先用情诗情词裁冰，把它切成细细的碎片，加上一点酒来煮，那么，煮出来的话便能使人微醉。倘若情浓，则不可以用炉火，要用烛火再加一杯咖啡，才不会醉得太厉害，还能维持一丝清醒。

遇到不喜欢的人不喜欢的话就好办了，把结成的冰随意弃置就可以了。爱听的话则可以煮一半，留一半他日细细品尝，住在北极的人真是太幸福了。

但是幸福也不常驻，有时候天气太冷，火生不起来，是让人着急的，只好拿着冰雪用手慢慢让它融化，边融边听。遇到性急的人恐怕要用雪往墙上摔，摔得力小时听不见，摔得用力则声震屋瓦，造成噪音。

我向往北极说话的浪漫世界，那是个宁静祥和又能自己制造生活的世界，在我们这个到处都是噪音的时代里，有时候我会希望大家说出来的话都结成冰雪，回家如何处理是自家的事，谁也管不着。尤其是人多要开些无聊的会议时，可以把那块嘈杂的大雪球扔在家前的阴沟里，让它永远见不到天日。

斯时斯地，煮雪恐怕要变成一种学问，生命经验丰富的人可以依据雪的大小、成色，专门帮人煮雪为生；因为要煮得恰到好处和说话时恰如其分一样，确实不易。年轻的恋人则可以去借别人的“情雪”，藉别人的雪来浇自己心中的块垒。

如果失恋，等不到冰雪尽融的时候，就放一把大火把雪屋都烧了，烧成另一个春天。

温一壶月光下酒

煮雪如果真有其事，别的东西也可以留下，我们可以用一个空瓶把今夜的桂花香装起来，等桂花谢了，秋天过去，再打开瓶盖，细细品尝。

把初恋的温馨用一个精致的琉璃盒子盛装，等到青春过尽垂垂老矣的时候，掀开盒盖，扑面一股热流，足以使我们老怀堪慰。

这其中还有许多意想不到的情趣，譬如将月光装在酒壶里，用文火一起温来喝……此中有真意，乃是酒仙的境界。

有一次与朋友住在狮头山，每天黄昏时候，在刻着“即心是佛”的大石头下开怀痛饮，常喝到月色满布才回到庙里睡觉，过着神仙一样的生活。最后一天我们都喝得有点醉了，携着酒壶下山，走到山下时顿觉胸中都是山香云气，酒气不知道跑到何方，才知道喝酒原有这样的境界。

有时候抽象的事物也可以让我们感知，有时候实体的事物也能转眼化为无形，岁月当是明证，我们活的时候真正感觉到自己是存在的，岁月的脚步一走过，转眼便如云烟无形。但是，这些消逝于无形的往事，却可以拿来下酒，酒后便会浮现出来。

喝酒是有哲学的，准备许多下酒菜，喝得杯盘狼藉是下乘的喝法；几粒花生米一盘豆腐干，和三五好友天南地北是中乘的喝法；一个人独斟自酌，举杯邀明月，对影成三人，是上乘的喝法。

关于上乘的喝法，春天的时候，可以面对满园怒放的杜鹃细饮五加皮；夏天的时候，在满树狂花中痛饮啤酒；秋日薄暮，用菊花煮竹叶青，人共海棠俱醉；冬寒时节，则面对篱笆间的忍冬花，用蜡梅温一壶大曲。这种种，就到了无物不可下酒的境界。

当然，诗词也可以下酒。

俞文豹《历代诗余》引《吹剑录》谈到一个故事，提到苏东坡在玉堂日，有一幕士善歌，东坡因问曰：“我词何如柳七（即柳永）？”幕士对曰：“柳郎中词，只合十七八女郎，执红牙板，歌‘杨柳岸，晓风残月’。学士词，须关西大汉、铜琵琶、铁棹板，唱‘大江东去’。”东坡为之绝倒。

这个故事也能引用到饮酒上来，喝淡酒的时候，宜读李清照；喝甜酒时，宜读柳永；喝烈酒则大歌东坡词。其他如辛弃疾，应饮高粱小口；读放翁，应大口喝大曲；读李后主，要用马祖老酒煮姜汁到出怨苦味时最好；至于陶渊明、李太白，则浓淡皆宜，狂饮细品皆可。

喝纯酒自然有真味，但酒中别掺物事也自有情趣。范成大在《骖鸾录》里提到："番禺人作心字香，用素茉莉未开者，着净器，薄劈沉香，层层相间封，日一易，不待花蔫，花过香成。"我想，应做茉莉心香的法门也是掺酒的法门，有时不必直掺，斯能有纯酒的真味，也有纯酒所无的余香。我有一位朋友善做葡萄酒，酿酒时以秋天桂花围塞，酒成之际，桂香袅袅，直似天品。

我们读唐宋诗词，乃知饮酒不是容易的事，遥想李白当年斗酒诗百篇，气势如奔雷，作诗则如长鲸吸百川，可以知道这年头饮酒的人实在没有气魄。现代人饮酒讲格调，不讲诗酒，袁枚在《随园诗话》里提过杨诚斋的话："从来天分低拙之人，好谈格调，而不解风趣，何也？格调是空架子，有腔口易描，风趣专写性灵，非天才不办。"在秦楼酒馆饮酒作乐，这是格调；能把去年的月光温到今年才下酒，这是风趣，也是性灵，其中是有几分天分的。

《维摩经》里有一段天女散花的记载，正在菩萨为弟子讲经的时候，天女出现了，在菩萨与弟子之间遍洒鲜花，散布在菩萨身上的花全落在地上，散布在弟子身上的花却像黏黐那样黏在他们身上，弟子们不好意思，用神力想使它掉落也不掉落。仙女说：

“观诸菩萨花不着者，已断一切分别想故。譬如，人畏时，非人得其便。如是弟子畏生死故，色、声、香、味，触得其便也。已离畏者，一切五欲皆无能为也。结习未尽，花着身耳。结习尽者，花不着也。”

这也非关格调，而是性灵。佛家虽然讲究酒、色、财、气四大皆空，我却觉得，喝酒到极处几可达佛家境界，试问，若能忍把浮名换作浅酌低唱，即使天女来散花也不能着身，荣辱皆忘，前尘往事化成一缕轻烟，尽成因果，不正是佛家所谓苦修深修的境界吗？

人物

好雪片片

在信义路上，常常会看到一位流浪的老人，即使热到摄氏三十八度的盛夏，他也穿着一件很厚的中山装，中山装里还有一件毛衣。那么厚的衣物使他肥胖笨重有如木桶。平常他就蹲坐在街角，歪着脖子，看来往的行人，也不说话，只是轻轻地摇动手里的奖券。

很少的时候，他会站起来走动。当他站起，才发现他的椅子绑在皮带上，走的时候，椅子摇过来，又摇过去。他脚上穿着一双老式的牛伯伯打游击的大皮鞋，摇摇晃晃像陆上的河马。

如果是中午过后，他就走到卖自助餐摊子的前面一站，想买一些东西来吃，摊贩看到他，通常会盛一盒便当送给他。他就把吊在臀部的椅子对准臀部，然后坐下去。吃完饭，他就地睡午觉，仍是歪着脖子，嘴巴微张。

到夜晚，他会找一块干净挡风的走廊睡觉，把椅子解下来当枕头，和衣，甜甜地睡去了。

我观察老流浪汉很久了，他全部的家当都带在身上，几乎终日不说一句话，可能他整年都不洗澡的。从他的相貌看来，应该是北方人，流落到这南方热带的街头，连最燠热的夏天都穿着家乡的厚衣。

对于街头的这位老人，大部分人都会投以厌恶与疑惑的眼光，小部分人则投以同情。

我每次经过那里，总会向老人买两张奖券，虽然我知道即使每天买两张奖券，对他也不能有什么帮助，但买奖券使我感到心安，并使同情找到站立的地方。

记得第一次向他买奖券那一幕，他的手、他的奖券、他的衣服同样的油腻污秽，他缓缓地把奖券撕下，然后在衣袋中摸索着，摸索半天才掏出一个小小的红色塑胶套，这套子竟是崭新的，美艳得无法和他相配。

老人小心地把奖券装进红色塑胶套，由于手的笨拙，使这个简单动作也十分艰难。

“不用装套子了。”我说。

“不行的，讨个喜气，祝你中奖！”老人终于笑了，露出缺几颗牙的嘴，说出充满乡音的话。

他终于装好了，慎重地把红套子交给我，红套子上写着八个字：“一券在手，希望无穷。”

后来我才知道，不管是谁买奖券，他总会努力地把奖券装进红套子里。慢慢我理解到了，小红套原来是老人对买他奖券的人一种感激的表达。每次，我总是沉默耐心等待，看他把心情装进红封套，温暖四处流动着。

和老人逐渐认识后，有一年冬天黄昏，我向他买奖券，他还没有拿奖券给我，先看见我穿了单衣，最上面的两个扣子没有扣。老人说："你这样会冷吧！"然后，他把奖券夹在腋下，伸出那双油污的手，要来帮我扣扣子，我迟疑了一下，但没有退避。

老人花了很大的力气，才把我的扣子扣好，那时我真正感觉到人明净的善意，不管外表是怎么样的污秽，都会从心的深处涌出，在老人为我扣扣子的那一刻，我想起了自己的父亲，鼻子因而酸了。

老人依然是街头的流浪汉，把全部的家当带在身上，我依然是我，向他买着无关紧要的奖券。但在我们之间，有一些友谊，装在小红套，装在眼睛里，装在不可测的心之角落。

我向老人买过很多很多奖券，从未中过奖，但每次接过小红套时，我觉得那一刻已经中奖了，真的是"一券在手，希望无穷"。我的希望不是奖券，而是人的好本质，不会被任何境况所淹没。

我想到伟大的禅师庞蕴说的："好雪片片，不落别处！"我们生活中的好雪、明净之雪也是如此，在某时某地当下即见，美丽地落下，落下的雪花不见了，但灌溉了我们的心田。

木鱼馄饨

深夜到临沂街去访友，偶然在巷子里遇见多年前旧识的卖馄饨的老人，他开朗依旧，风趣依旧，虽然抵不过岁月风霜而有一点伺偻了。

四年多以前，我客居在临沂街，夜里时常工作到很晚，每天凌晨一点半左右，一阵清越的木鱼声，总是响进我临街的窗口。那木鱼的声音非常准时，天天都在凌晨的时间敲响，即使在风雨来时也不间断。

刚开始的时候，木鱼声带给我一种神秘的感觉，往往令我停止工作，出神地望着窗外的长空，心里不断地想着：这深夜的木鱼声，到底是谁敲起的？它又象征了什么意义？难道有人每天凌晨一时在我住处附近念经吗？

在民间，过去曾有敲木鱼为人报晓的僧侣，每日黎明将晓，他们就穿着袈裟草鞋，在街巷里穿梭，手里端着木鱼滴滴笃笃地敲出低沉但雄长的声音，一来叫人省睡，珍惜光阴；二来叫人在心神最为清明的五更起来读经念佛，以求精神的净化；三来僧侣藉木鱼报晓来布施化缘，得些斋衬钱。我一直觉得这种敲木鱼报佛音的事情，是中国佛教与民间生活相契的一种极好的佐证。

但是，我对于这种失传于闾巷很久的传统，却出现在台北的临沂街感到迷惑。因而每当夜里在小楼上听到木鱼敲响，我都按捺不住去一探究竟的冲动。

冬季里有一天，天空中落着无力的飘闪的小雨，我正读着一册印刷极为精美的《金刚经》，读到最后“一切有为法，如梦幻泡影，如露亦如电，应作如是观”一段，木鱼声恰好从远处的巷口传来，格外使人觉得昊天无极，我披衣坐起，撑着一把伞，决心去找木鱼声音的来处。

那木鱼敲得十分沉重着力，从满天的雨丝里穿扬开来，它敲敲停停，忽远忽近，完全不像是寺庙里读经时急落的木鱼。我追踪着声音的轨迹，匆匆穿过巷子，远远的，看到一个披着宽大布衣，戴着毡帽的小老头子，他推着一辆老旧的摊车，正摇摇摆摆地从巷子那一头走来。摊车上挂着一盏四十烛光的灯泡，随着道路的颠踬，在微雨的暗道里飘摇。一直迷惑我的木鱼声，就是那位老头所敲出来的。

一走近，才知道那只不过是一个寻常卖馄饨的摊子，我问老人为什么选择了木鱼的敲奏，他的回答竟是十分简单，他说：“喜欢吃我的馄饨的老顾客，一听到我的木鱼声，他们就会跑出来买馄饨了。”我不禁哑然，原来木鱼在他，就像乡下卖豆花的人摇动的铃铛，或者是卖冰水的小贩手中吸引小孩的喇叭，只是一种再也简单不过的信号。

是我自己把木鱼联想得太远了，其实它有时候仅仅是一种劳苦生活的工具。

老人也看出了我的失望，他说："先生，你吃一碗我的馄饨吧，完全是用精肉做成的，不加一点葱菜，连大饭店的厨师都爱吃我的馄饨呢。"我于是丢弃了自己对木鱼的魔障，撑着伞，站立在一座红门前，就着老人摊子上的小灯，吃了一碗馄饨。在风雨中，我品出了老人的馄饨，确是人间的美味，不下于他手中敲的木鱼。

后来，我也慢慢成为老人忠实的顾客，每天工作到凌晨，远远听到他的木鱼，就在巷口里候他，吃完一碗馄饨，才继续我未完的工作。

和老人熟了以后，才知道他选择木鱼作为馄饨的讯号有他独特的匠心。他说因为他的生意在深夜，实在想不出一种可以让远近都听闻而不至于吵醒熟睡人们的工具，而且深夜里像卖粽子的人大声叫嚷，是他觉得有失尊严而有所不为的，最后他选择了木鱼——让清醒者可以听到他的叫唤，却不至于中断了熟睡者的美梦。

木鱼总是木鱼，不管从什么角度来看它，它仍旧有它的可爱处，即使用在一个馄饨摊子上。

我吃老人的馄饨吃了一年多，直到后来迁居，才失去联系，但每当在静夜里工作，我仍时常怀念着他和他的馄饨。

老人是我们社会角落里一个平凡的人，他在临沂街一带卖了三十年馄饨，已经成为那一带夜生活里人尽皆知的人，他固然对自己亲手烹调后小心翼翼装在铁盒的馄饨很有信心，他用木鱼声传递的馄饨也成为那一带的金字招牌。木鱼对他，对吃馄饨的人来说，都是生活里的一部分。

那一天遇到老人，他还是一袭布衣，还是敲着那个敲了三十年的木鱼，可是老人已经完全忘记我了，我想，岁月在他只是云淡风轻的一串声音吧。我站在巷口，看他缓缓推走小小的摊车消失在巷子的转角，一直到很远了，我还可以听见木鱼声从黑夜的空中穿过，温暖着迟睡者的心灵。

木鱼在馄饨摊子里真是美，充满了生活的美，我离开的时候这样想着，有时读不读经都是无关紧要的事。

一九八二年十月二十七日

苦瓜特选

她离去那一年，他不知道为什么开始喜欢吃苦瓜，那时他的母亲在后园里栽种了几棵苦瓜，苦瓜累累地垂吊在竹棚子下面，经过阳光照射，翠玉一样的外表就透明了起来，清晨阳光斜照的时候，几乎可以看见苦瓜内部深红的期待成熟的种子。

他从未对母亲谈过自己情感的失落，原因或许是他一向认为，像母亲经过媒妁之言嫁给父亲那一代的女子，永远也不能体会感情的奥妙。

母亲自然从未问起他的情感，只是以宽容的慈爱的眼睛默默地注视他的沉默。他每天自己到园子里挑一粒苦瓜，总是看见母亲在园子里浇水除草，一言不发的，有时微笑地抬头看他。

他摘了苦瓜转进厨房，清洗以后，就用薄刀将苦瓜切成一片一片，晶明剔透，调一盘蒜泥酱油，添了一碗母亲刚熬好还热在灶上的稀饭，细细咀嚼苦瓜的滋味。

生的苦瓜冰凉爽脆，初食的时候像梨子一般，慢慢的就生出一种苦味来，那苦味在吞咽的时候，又反生出特别的甜味。这生食苦瓜的方法，他幼年即得到母亲的调教，只是他并未得到母亲挑选苦瓜的真传，总觉得自己挑选的苦瓜不够苦，没有滋味。

有一日，他挑了一粒苦瓜正要转出后园，看见母亲提着箩筐要摘苦瓜送到市场去卖，母亲唤住他说："你挑的苦瓜给我看看。"

他把手里的苦瓜交给母亲。

母亲微笑着从箩筐里取出一粒苦瓜，与他的苦瓜平放在一起，问说："你看这两粒苦瓜有什么不同？"

他仔细端详两粒苦瓜，却分不出它们有什么差异。母亲告诉他，好的苦瓜并不是那种洁白透明的，而是带着一种深深的绿色；好的苦瓜表皮上的凹凸是明显的，不是那种平坦光滑的；好的苦瓜不必巨大，而是小而结实的。然后，母亲以一种宽容的声音对他说："原来你天天吃苦瓜，并不知道如何挑选苦瓜，就像你这些日子受着失恋的煎熬，以为是人世里最苦的，那是因为你不知道还有比失恋更苦的东西。世界上没有不苦的苦瓜，就像没有不苦的恋爱，最好的苦瓜总是最苦的，但却在最苦的时候回转出一种清凉的甘味。"

他默默听着，不知道如何回答母亲。

母亲指着他们的苦瓜园，说："在这么大的园子里，怎么能知道哪些苦瓜是最好的，是在苦里还有甘香的？如果没有经过几十年的磨炼就无法分辨。生命也正是这样的，没有人天生会分辨苦瓜的甘苦，也没有人天生就能从失败的恋爱里得到启示；我们不吃过坏的苦瓜，就不知道好的是什么滋味；我们不在情感里失败，就不太容易在人生里成功。”

他没想到母亲猜中了他的心事，低下头来，看到母亲箩筐边的纸箱上写了“苦瓜特选”四个字，母亲牵起他的手，换过一粒精选的苦瓜，说：“你吃吃这个，看看有什么不同？”

他坐在红木小饭桌边，吃着母亲为他挑选的那粒苦瓜，细细地品味，并且咀嚼母亲方才对他说的话，才真正知道了上好的苦瓜，原来在最苦的时候有一股清淡的香气从浓苦中穿透出来，正如上好的茶、上好的咖啡、上好的酒，在舌尖是苦的，到了喉咙时，才完全区别出来有一种持久的芳香。

望穿明亮的窗户，看到后园中累累的苦瓜，他在心中暗暗想着：“如果情感真像苦瓜一般，必然有苦的成分，自己总要学习如何在满园的苦瓜里找到一粒最好的、最能回甘的苦瓜。”

然后他看到母亲从苦瓜园里穿出的背影，转头对他微笑，他才知道母亲对情感的智慧，原来不是从想象来的，而是来自生活。

一九八四年十月十一日

林妈妈水饺

我们在人世里扮演着不同的角色
是由于各有不同的机缘
要互相爱护
长存感谢的心

市场里有个小摊，叫作“林妈妈水饺”，做的饺子好吃是附近有名的。

我走过饺子摊的时候都会去买一些饺子回家，二十个一盒的饺子卖三十五元，三盒一百元。有时候就站在那里，欣赏林妈妈与她的先生包饺子，他们的动作十分利落，看起来就像表演艺术一样，一盒饺子一分钟就包好了。

林先生与林妈妈的气质都很好，他们的书卷气看起来一点都不像是在市场包饺子的小贩，他们的人与摊子永远都那样洁净，简直可以用一尘不染来形容。

他们时常带着微笑，一人坐一边，两人包饺子的速度一模一样，包出来的饺子也一模一样。由于饺子好吃，生意好得不得了，常要等一二十分钟才能买到饺子，因此在摊子旁边总是围满等待饺子的人，大家都很安静，仿佛看他们包饺子是享受一般。

但是他们不是天天在固定的地方摆摊，只有星期一、三、六的黄昏才到这里来，有一次我忍不住问："为什么不天天来呢?"

健谈的林先生立刻接口说："因为我们在四个不同的地方摆摊子哩！饺子可以买回家冷冻，很少人会天天买饺子，通常两天买一次就很多了。"

买饺子的时候，我站在旁边等待，有时就和林先生、林妈妈聊起来，才知道他们原来不是路边的摊贩，林先生做了很多年的杂货批发生意，从大盘商那里批货，送到各地的杂货店去，由于守信尽责，生意做得很不错，但在五六年前做不下去了。

"生意为什么做不下去呢?"

林先生感慨地说："到处都开起超级市场，他们都是直接进货，根本不需要中盘的批发。再加上连锁经营的超级商店愈来愈多，统一、味全、义美、新东阳到处都是，连一般的小杂货店都收了，何况是批发，不知道要批给谁呀！"

他不得已把批发的事业收了，接下来失业好几个月，正好遇到一位朋友是在路边摆摊卖饺子，劝他何不摆个水饺摊。夫妻两个从头学习包水饺，他说：“包水饺不是简单的事，我研究了很久才出来摆摊子，像配料、佐料、馅料都要加得恰到好处，这样才能维持品质，我们摆摊子的人靠的是口碑和信用，慢慢地就做起来了。”

像现在，“林妈妈水饺”的口碑和信用都做起来了，他在四个地方摆摊子，每个地方都要排队等待才能买到。

“生意这么好，一天可以包多少个饺子呢？”

“每天包的饺子在一万到一万五千粒之间。”林先生说。旁边站着的人一阵哗然，他们的饺子一粒一块六毛五，有人算了一下，一天可以卖出一万六千元到二万四千元之间，一个月的盈收超过四十万。

“真是不得了，比上班好太多了！”旁边的一位主妇忍不住叫起来。

“对呀！早知道包饺子生意这么好，我早就不做食品批发，来卖饺子了。”林先生风趣地说，但是他立刻更正说，“不过，卖饺子也真的很辛苦，在家里的时间都在忙配料，出来摆摊的时候，一坐就是一整天，每一粒饺子都是辛苦捏出来的，不像上班，偶尔还可以休息、偷懒一下。”

林先生真实的说法，令我也感到吃惊，没想到占地不到半坪的一张桌子，一天可以制造一万粒以上的饺子，也没有想到摆摊子一个月有数十万的收入。不禁想起老辈时常说的：“要做牛，免惊无牛可拖”，一个人只要勤劳、肯用心，天确实没有绝人之路，不仅不会绝人，还会让人在绝境中开展出新的天地。

台湾的经济奇迹，是由一些平凡的老百姓勤劳与用心而建造起来的。隐没在我们生活四周的许多“排骨大王”“豆浆大王”“臭豆腐大王”等等各种大王，也是像林妈妈水饺一样，是一个一个在平凡中捏塑出来的，说不定哪一天，“林妈妈水饺”就会变成“林妈妈水饺大王”了。

我们不必欣羡小小的饺子摊可以带来那么高的收入，因为只要一个人守本分，肯勤劳用心于生活，都可能创造类似的奇迹，就像林先生说的：“我觉得咱生在这里的人真好，只要肯做，就赚得到钱，这世界上有太多地方，即使你肯做，也不一定赚得到钱！”

买好水饺，我沿着市场泥泞的小巷走回家。看到更多我认识的乡亲，有的是从阳明山载菜来卖的，有的是从宜兰开车来卖海梨柑，有的是坪林挑菜来卖的小农，有的声嘶力竭地卖着自己种的柳丁，他们都那样认命无怨地在生活。在黄昏的市集散去之后，他们都会回到温暖的家，准备着明天生活的再出发，看着他们脸上坚强的表情，与生活的风霜拼斗，不禁令我感动起来。

我们在人世里扮演着不同的角色，那是由于各有不同的机缘，因此我们应该安于自己的角色，长存感谢的心。像我认识的市场小贩，有大部分都是慈济功德会的会员，他们以行善布施来表达他们内心的感恩。

夜里，煮着林妈妈饺子，感觉到有一种特别的温暖。是呀！在流转的人间，我们要互相爱护、互相尊重、互相崇敬，因为每一个人都不可轻侮，各有尊严的生命。

意外的旅客

跟随一个旅行团到东部去，团中有一位奇特意外的旅客，他平常都是在饭店里睡觉，睡醒时如果团员还没有回来，他就坐在咖啡厅喝咖啡，状极悠闲；他有时连饭也不起来吃，理由是他要休息；他也不爱说话，有人问他，他只是微笑。

这位旅客虽然沉默、无言、微笑，但大家都无法忽视他的存在，他像一个谜，引起人们在背后谈论。

我偶尔也和他一样，坐在咖啡座里沉默、无言、相对微笑。

光是这样相对、微笑，我们就熟悉了。

有一次，我忍不住问他："你既然参加了旅行团，为什么都不出去旅行呢?"

他说："我是个懒人，要走路，不如站着；要站着，不如坐着；要坐着，不如躺着；要躺着，不如休息、睡觉。我出来旅行，那也是因为衣食住行都有人安排呀!"

在这个社会，我们见过许多勤快、忙碌的人，却很少见到懒人；偶尔见到懒人，也不肯自称为懒。然后，我们就谈起关于懒的一些观点，这位意外的旅客的见解，真令我大开眼界。

他说，懒人的两大守则，一是能不做的事就不做，例如衬衫可以买七件挂在衣橱，每天轮流穿一件，正好可以穿一星期，满一星期再从头穿一次，连穿三次，这样三星期只洗一次衬衫就可以了。鞋子则买没有鞋带的，最好是不用弯腰就可以穿的，理由是："每天弯腰绑鞋带，一生就要花多少力气?"

又例如吃东西，能吃饱就好，不必求美味，最好是在家附近的馆子吃，万不得已在家里吃，生食比熟食好；万不得已熟食，面包比面条好，面条又比米饭方便（因为米还要洗）；吃水果最好不用动刀，因此香蕉、番茄比西瓜、凤梨好。

又例如买东西，懒人最好不多买东西，买东西又花钱（花了钱还要去赚），又花时间和力气，很划不来。而且，凡是有了东西，就要保养、收拾、整理，没完没了，得不偿失。

他说："凡人为了名利情欲做了一大堆费时耗力的事，看起来就像傻瓜一样。"

懒人的第二大守则是能不记的事就不记。

所以，懒人绝对不使用电脑、传真机、行动电话这些事物，甚至也不必用电话簿，"因为多记一个人就多一些事，不必去记那些事，脑子里自然就有了空间。"

"俗人总是记东记西、牵肠挂肚、求名求利，那些在我看起来，都不如坐着休息。"他还告诉我，古来禅师所追求的最高境界，与懒都是相通的，像“春有百花秋有月，夏有凉风冬有雪。若无闲事挂心头，便是人间好时节。”所讲的“闲”不就是“懒”吗？

这首无门慧开禅师的诗，懒人会记得还不可惊，他甚至引用了一首元朝了庵清欲禅师的诗：

闲居无事可评论，
一炷清香自得闻。
睡起有茶饥有饭，
行看流水坐看云。

我说：“你不是说能不记的就不记吗？如何记得这么长的诗？”

他说：“诗是自己留下来的，不算记。在这个时代不做懒人太傻了，你想想，每天的新闻都是杀人放火、贪污腐败，我们去瞎操心，气都气死了。再说，如果我们去努力赚钱，想到缴税的钱都被贪走了，实在太不值，如果人人都不赚钱纳税，贪污自然就消失了。”

正在这时候，导游来叫吃饭，懒人说：“你看，多好，又有饭吃了。”

走向餐厅的路上，他说：“做懒人最大的困难，就是常常要动脑筋，怎么样才可以再更懒一些！”

听了懒人的话，我一点也没有看轻他，反而自觉惭愧，觉得自己实在太忙了，忙着看“立委”打架、群众暴动，真是瞎操心。也觉得自己实在太傻了，每年缴一大堆税，让一些公务员“一时大意”地贪污了。

真是像傻瓜一样。

今后要再懒一些才好。

静静的鸢尾花

第一次看见凡·高画的鸢尾花使我心中为之一震。凡·高画过两幅鸢尾花，一幅是海蓝色的鸢尾花盛开在田野，背景是翠绿色，开了许多橘黄色的菊花；另外一幅是在花瓶里，嫩黄色背景前面的鸢尾花已经变黑了，有一株全黑的竟已枯萎衰败，倒在花瓶旁边。

这两幅著名的鸢尾花，前者画于一八八九年的夏天，后者画于一八九〇年的五月，而凡·高在两个月后的七月二十九日举枪自杀。

我之所以感到震撼，来自于两个原因，一是画家如此强烈地在画里表现出他心境的转变，同样是鸢尾花，前者表现了春日的繁华，后者则是冬季的凋萎；一是鸢尾花又叫紫罗兰，一向给我们祥和、安宁、温馨的象征，在画家的笔下，却是流动而波涛汹涌。

我是在荷兰阿姆斯特丹的凡·高美术馆看见凡·高那两幅鸢尾花，一幅是真迹，另一幅是复制品，看完后在阿姆斯特丹市立公园的喷水池旁，就看见了一大片的鸢尾花，宝蓝而带着粉紫，是那么美丽而柔美，叶片的线条笔直爽朗，使我很难以把真实的与画家笔下的鸢尾花合而为一，因为透过了凡·高的心象，鸢尾花如同拔起的一只巨鸢，正用锐眼看着这波折苦难的人间。

坐在公园的铁椅上，我就想起了凡·高与鸢尾花的名字，我想到“梵”（台湾多译作梵高）如果改成“焚”字，就更能表达凡·高那狂风暴雨一般的画风了。而鸢鸟呢？本来是一种凶猛的禽类，它的头顶和喉部是白色，嘴是蓝色，身体是带紫的褐色，腹部是淡红色，尾巴则是黑褐色。如果用颜色与形貌来看，紫罗兰应该叫“鸢头花”，由于用这样的猛禽来形容，使得我们对鸢竟而有了一种和平与浪漫的联想。

在近代的艺术史上，许多艺术家都有争议之处，凡·高是少数被公认为“伟大的艺术家”而没有争议的。凡·高也是不论学院的教授或民间的百姓都能为之感动的画家。我喜欢他早期的几幅作品，像《食薯者》《两位挖地的妇女》《拾穗的农妇》《播种者》等等，都是一般人看了也会为之震动的作品，特别是一幅《小麦束》，全画都是金黄色，收割后的麦子累累的要落到地上来，真是美丽充满了温馨。

我想，我们会喜欢凡·高，乃是由于他对绘画那专注虔诚的态度，这种专注虔诚非凡人所能为；其次，是他内在那热烈狂飙的风格，是我们这些表面理性温和者所潜藏的特质；其三，是他那种魄大而勇敢、几近于赌注的线条，仿佛在呼唤我们一样。我觉得我还有一个更可佩的理由，是在凡·高的画里，我们只看见明朗的生命之爱，即使是他生命中最晦暗的时刻，他的画都展现欢腾的生命力，好像是要救赎世人一样。怪不得左拉曾说凡·高是“基督再世”，这是对一个艺术家最大的赞美了。

现在我们再回到凡·高的鸢尾花吧！他的一幅鸢尾花曾以美金5390万拍卖，是全世界最贵的绘画（就是把全世界的鸢尾花全剪下来卖，也没有这个价钱），可见艺术心灵的价值是难以估算的。我最近重读凡·高写给弟弟提奥的全部书简，在心里作为对凡·高逝世一百周年的纪念表示崇敬之意。

我们来看他的两幅鸢尾花绘画时的背景，第一幅一八八九年夏天，凡·高写道：

> 亲爱的提奥，但愿你能看到此刻的橄榄树丛！它的叶子像古银币，那一簇簇的银在蓝天和橙土的衬托下转化成绿，有时候真与你人在北方所想的大异其趣啊！它好似我们荷兰草原上的柳树或海岸沙丘上的橡树；它的飒飒声有异常的神秘滋味，像在倾诉远古的奥秘。它美得令人不敢提笔绘写，不能凭空想象。

> 这段期间，我尽可能做点事，画了一点东西。手边

有一张开粉红花的栗树夹道风景，一棵正在开花的小樱桃树，一株紫藤科植物，以及一条舞弄光影的公园小径。今儿整日炎热异常，这往往有益我身，我工作得更加起劲。

凡 · 高很喜欢他的鸢尾花，在一八九〇年七月他给弟弟的信中说过：

希望你将看出鸢尾花一画有何独到之处。

一八九〇年的五月，关于鸢尾花的画他写道：

我以园中草地为题材画了两幅画，其中一幅很简单，草地上有一些白色的花及蒲公英和一小株玫瑰。我刚完成一幅以黄绿为底色，插在一只绿色瓶子里的粉红玫瑰花束；一幅背景呈淡绿的玫瑰花；两幅大束的紫色鸢尾花，其中一束衬以粉红色为背景，由于绿、粉红与紫的结合，整个画面一派温柔和谐，另一幅则突立于惊人的柠檬黄之前，花瓶和瓶架呈另一种黄色调……

读凡 · 高的书简和看他的画一样令人感动。我们很难想象在画中狂热汹涌的凡 · 高，他的信却是很好的文学作品，理性、温柔、条理清晰，并以坦诚的态度来面对自己的艺术与疾病。这一束书简忠实地呈现了一个艺术家的创作历程与心理状态，是凡·高除了绘画留下来的最动人的遗产。

凡·高逝世前一年，他的作品巧合地选择了一些流动的事物，譬如飘摇的麦田，凌空而至的群鸥，旋转诡异的星空，阴郁曲折的树林与花园。在这些变化极大的作品中，他画下了安静温柔和谐的鸢尾花，使我们看见了画家那沉默的内在之一角。

凡·高逝世一百周年了，使我想起从前在阿姆斯特丹凡·高美术馆参观的那一个午后，想起公园中那一片鸢尾花，想起他写给弟弟的最后一句话："在忧思中与你握别。"也想起他在信中的两段感人的话：

> 一个人如果够勇敢的话，康复乃来自他内心的力量，来自他深刻忍受痛苦与死亡，来自他之抛弃个人意志和一己爱好。但这对我没有作用：我爱绘画，爱朋友和事物，爱一切使我们的生命变得不自然的东西。

> 苦恼不该聚在我们的心头，犹如不该积在沼池一样。

对于像凡·高这样的艺术家，他承受巨大的生命苦恼与挫伤，却把痛苦化为欢歌的力量、明媚的色彩，来抚慰许多苦难的心灵，怪不得左拉要说他是"基督再世"了。

翻译《凡·高传》和《凡·高书简》的余光中，曾说到他译《凡·高传》时生了大病，但是，“在一个元气淋漓的生命里，在那个生命的苦难中，我忘了自己小小的烦忧”，“是借他人之大愁，消自家之小愁”。

我读《凡·高传》和《凡·高书简》时数度掩卷叹息，当凡·高说：“我强烈地感到人的情形仿如麦子，若不被播到土里，等待萌芽，便会被磨碎以制成面包!”诚然让我们感到生命有无限的悲情，但在悲情中有一种庄严之感!

送一轮明月给他

一位住在山中茅屋修行的禅师，有一天趁夜色到林中散步，在皎洁的月光下，他突然开悟了自性的般若。

他喜悦地走回住处，眼见到自己的茅屋有小偷光顾。找不到任何财物的小偷，要离开的时候才在门口遇见了禅师。原来，禅师怕惊动小偷，一直站在门口等待，他知道小偷一定找不到任何值钱的东西，早就把自己的外衣脱掉拿在手上。

小偷遇见禅师，正感到惊愕的时候，禅师说："你走老远的山路来探望我，总不能让你空手而回呀！夜凉了，你带着这件衣服走吧！"

说着，就把衣服披在小偷身上。小偷不知所措，低着头溜走了。

禅师看着小偷的背影走过明亮的月光，消失在山林之中，不禁感慨地说："可怜的人啊！但愿我能送一轮明月给他。"

禅师不能送明月给那个小偷，使他感到遗憾，因为在黑暗的山林，明月是照亮世界最美丽的东西。不过，从禅师的口中说出："但愿我能送一轮明月给他。"这口里的明月除了是月亮的实景，指的也是自我清净的本体。从古以来，禅宗大德都用月亮来象征一个人的自性，那是由于月亮光明、平等、遍照、温柔的缘故。怎么样找到自己的一轮明月，向来就是禅者努力的目标。在禅师的眼中，小偷是被欲望蒙蔽的人，就如同被乌云遮住的明月，一个人不能自见光明是多么遗憾的事。

禅师目送小偷走了之后，回到茅屋赤身打坐，他看着窗外的明月，进入定境。

第二天，他在阳光温暖的抚触下，从极深的禅定里睁开眼睛，看到他披在小偷身上的外衣，被整齐地叠好，放在门口。禅师非常高兴，喃喃地说："我终于送了他一轮明月！"

明月是可送的吗？这真是有趣的故事，在我们的人生经验里，无形的事物往往不能赠送给别人，例如我们不能对路边的乞者说："我送给你一点慈悲。"我们只能把钱放在盒子里，因为他只能从钱的多寡来感受慈悲的程度。

我们不能对心爱的人说："我送你一百个爱情。"只能送他一百朵玫瑰。他也只能从玫瑰的数量来推算情感的热度，虽然这种推算往往不能画上等号，因为送玫瑰的人或许比送钻戒者的爱要真诚而热烈。

同样的，我们对于友谊、正义、幸福、平安、智慧……无价的东西，也不能用有形的事物做正确的衡量。我想，这正是人生的困局之一，我们必须时时注意如何以有形可见的事物来奥妙表达所要传递的心灵信息。可悲的是，在传递的过程中常常会有“落差”，这种落差常使骨肉至亲反目，患难之交怨愤，恩爱夫妻仳离，有情人终于成为俗汉。

这些无形又可贵的感情，与禅师的某些特质接近，是“只可意会，不可言传”，是“不立文字，教外别传”，是“当下即是，动念即乖”，是“云在青天水在瓶”，是“平常心是道”！

这个世界几乎没有一种固定的方法可以训练人表达无形的东西，于是，训练表达无形情感的唯一方法就是回到自身，充实自己的人格，使自己具备真诚无伪、热切无私的性格，这样，情感就不是一种表达，而是一种流露。

在一个人能真诚流露的时候，连明月也可以送给别人，对方也真的收得到。

我们时时保有善良、宽容、明朗的心性，不要说送一轮明月，同时送出许多明月都是可能的，因为明月不是相送，而是一种相映，能映照出互相的光明。

此所以禅师说：“但愿我能送一轮明月给他！”是真正人格的馨香，它使小偷感到惭愧，受到映照而走向光明的道路。

一朵花，或一座花园？

在日本，有一位伟大的女禅师，名字叫作慧春。

慧春很年轻就出家了，当时日本还没有专给尼师修行的庵堂，她只好和二十名和尚，一起在一位禅师座下习禅。

慧春的容貌非常美丽，剃去了头发、穿上素色的法衣非但没有减损她的美，反而使她的姿容显得更清丽脱俗，因此与她一起学禅的和尚，有好几位偷偷暗恋着她，其中一位还写了情书给她，要求一次私下的约会，慧春收到情书之后，不动声色。

第二天，禅师上堂说法，说完之后，慧春站起来对着写信给她的和尚说："如果你真的像信里写的那样爱我，现在就来拥抱我！"

说完后，当场就有几位和尚满头大汗地开悟了。

这是非常动人的禅故事，它表达了一种当下承担的精神，学禅的人对于开悟固然必须承当，但对于生命，是不是也应该有相同的承当呢？禅的生活，不是依靠想象力的生活，当然也不是寄望于天堂的生活，而是公开明朗地面对此时此刻的生活，看见心念中的阴暗面，把它翻转过来，使其明亮。慧春所说的“公开的拥抱”，正是“公开的爱”，也就是“光亮明朗的生活态度”。

对于禅者，每一个心念、每一个生活动作，都可以摊开在阳光下检验。

从泥泞中跨越

还有一个禅的故事是这样的：

两位师兄弟一起走在一条泥泞的道路上。

当他们走到一个浅滩的时候，看见一位美丽的少女在那里踯躅不前，由于穿着细致的丝绸，使她不能跨步走过泥泞的浅滩。

“来吧！小姑娘。”师兄说。

然后就把少女背过了泥路。

师弟跟随在后面，心里感到非常不悦，一直都沉默不语，到了晚上实在忍不住，就对师兄说：“我们出家人受了戒律，不应该近女色的，你今天为什么要背那个女人过河呢?”

“呀！你说那个女人呀！我早就把她放下了，你到现在还抱着吗?”

这个流传很广的禅故事，除了说明当下即是的精神，也满含了禅师的慈悲，在提起放下的过程里一点也不拖泥带水，即使是对禅一无所知的人听到这个故事，也知道两者境界的高低。

有一位现代禅者把“当下即是”“直下承当”的精神翻译为“倾宇宙之力活在眼前的一瞬”，真是十分贴切。我们凡夫的生活，不是在缅怀过去，就是在向往未来，无法踏实雄健地生活。可叹的是，过去是无可挽回的，未来是一场梦，两者都是虚空里的舞花，再美，也比不上现在跨越的泥泞之路。

落实到不是非常善美的现在，走一段很可能是泥巴铺成的生活之路，当下的世界往往不是依理想而呈现，这些，似乎都不太要紧，只看我们能不能有好眼睛来看待这个世界，是不是在我们注视的时候，能一刹那间观点开展，让光亮明朗的生活展现在眼前。

伟大的无门慧开禅师，在他的著作《无门关》里曾这样说：“若是个汉，不顾危亡，单刀直入，八臂哪吒拦他不住；纵使西天四七、东土二三，只得望风乞命！设或踌躇，也似隔窗看马骑，眨得眼来，早已蹉过！”只有单刀直入，一点也不迟疑的大丈夫，才有可能领会禅的真意。

便是人间好时节

《无门关》是禅宗的一部宝典，慧开禅师在里面写下许多传诵千古的偈语，一直到禅道没落的今日，读起来还让人震颤不已。

我们在这里选取几个偈子来看：

大道无门，千差有路。
透得此关，乾坤独步！

——这是多么广大而坚定的胸襟，要做一个乾坤独步的人。

拈起花来，尾巴已露。
迦叶破颜，人天罔措！

——释迦牟尼佛拈起花来，是故意露出尾巴，迦叶尊者破颜微笑，使天上的神仙和地上的凡人都不知所措。慧开问道："如果当时大家都笑，或者连迦叶也不笑呢？禅是什么风光？"

贫似范丹，气如项羽。
活计虽无，敢与斗富！

——对于家徒四壁、处之泰然的人，对于气宇豪迈、无所畏惧的人，虽然生活艰困，还是敢和富人比赛谁是真正的富有，因为富有不是由外而得。

> 眼流星，机掣电。
> 杀人刀，活人剑！

——眼睛要快如流星，机锋要迅若闪电，有杀断妄想的宝刀，有起死回生的智慧之剑。

> 剑刃上行，冰棱上走。
> 不涉阶梯，悬崖撒手！

——寻求智慧之路的禅道，像是走在剑锋上、踩在冰尖上那样勇迈。又仿佛不走阶梯，从悬崖上放开双手那样的自在，没有一点委屈。

> 天晴日头出，雨下地上湿。
> 尽情都说了，只恐信不及！

——法尔如是，明明白白，毫无隐瞒，只怕不信，这是多么公开明朗的胸怀。

《无门关》每一个偈子都像这样震慑人心，另有一个最被人传诵的偈子是：

春有百花秋有月，
夏有凉风冬有雪。
若无闲事挂心头，
便是人间好时节。

如果一个人的心头，前尘往事同时瓦解冰消，成为一片清朗干净的大地，能面对当下的景物人事，那么春夏秋冬都是一样的美好呀！

我们在人间的学习

禅道虽然是非凡之道，却不是不可企及之道。我们在品味禅的公案、语录、偈语的时候，都能尝到那无比的芳香，都能在热闹里流过一丝清凉，那不是禅有什么特别的魅力，而是对明朗光照的生活，人人都有本具的向往，只可惜生命的烦恼与生活的压力使我们隐忍了活泉，无以清洗尘埃的心灵。

禅的教导，是让我们不要再隐忍了，不要再过那种幽暗无光的日子，试着把反盖的牌打开、在黑暗的房子开灯、走进阳光普照的田野、随着鸟的自由飞翔、看鱼得水时的欢跃、安心明亮地看着人世。我们来读读在禅里最常被用到的语言吧：

“如如”“当下”“本来”“一如”“无着”“不二”“老实”“平常”“安心”“放下”“任运”“保任”“默照”“虚空”“无碍”“自在”“自由”“直心”“真实”等等，这样简短的两个字，如果能融入其中，就让我们发现了生命的真意。

我们不能放下任运地过活，那是我们对过往生命的执着，对未来生命的迷梦，忽视了一个最重要的东西：回到现实这一刻人间的学习。

有的人认为禅师讲“空”，以为空是虚无的，要来断灭现实人生的一切，其实不然，禅师要破的是“执着”，而不是真实的生活。破执着谈何容易！所以禅教我们要用开启智慧、圆满自我的方法来使执着冰消瓦解，而不是去压抑我们的执着。

如果我们只有一朵花，一定很舍不得送给别人；但如果我们有一座花园，送一百朵花给别人也会在所不惜！化解执着，首先是使我们拥有一座春夏秋冬都盛放的花园，而不只照顾一朵花；其次是珍惜每一朵花犹如整座花园，使每一朵花的颜色都能放怀展现；再次是不仅欢迎别人参观花园，并乐于送花给别人，乐于看人人都有花园。

在这广大的人间，我们的一朵花是多么渺小，若我们能使繁花盛开，自我的一点兴谢也就了无遗憾！

生命不过数十寒暑，迅疾犹如春天的闪电雷声，若知道春雷一过，万物苏醒，则短暂的慧心一耀，也足以令人动容。

执着的化解是智慧的开端，智慧开了，执着自然冰消，开悟的人，一朵花就是一座花园，一座花园是一朵花，是不需要什么争辩的。我又想起无门慧开的句子：

识得最初句，便会末后句。
末后与最初，不是者一句！

那里面热不热？

禅是活生生的，就像我们在生命的进程中，成功与失败都是活生生的。一个人要进入禅的道路，是使生活活转过来，使心活转过来，勇敢来对待人生的挑战，让我们的花努力地开起来，而不是孤零零地在微雨中抖颤。

禅是承担，不是避世。

凡是避世冷酷的心，不是禅心。

《指月录》里有个脍炙人口的故事，有一位老太婆建了一座茅庵，供养了一位修行人。她常叫少女送饭给和尚，经过二十年，她想看看和尚的功夫如何，于是叫少女送饭的时候抱住和尚问说："正这么时如何？"

少女依言而行，和尚回答说："枯木倚寒岩，三冬无暖气！"

少女回来把和尚的话告诉老太婆，老太婆很生气地说："我二十年供养，只得个俗汉！"于是，把和尚赶走，把茅庵也烧了。

“枯木倚寒岩，三冬无暖气”多么酷冷，禅是要“能杀能夺，能纵能活”，是要“青天白日，明明太空”，是要“绵绵密密，点滴不漏”，是一座百花齐放的园子，而不是开在悬崖的枯木。

雁的影子留在地上，但它并无留踪之意。
水面上映照着一切，但它并无取影之心。

窗前的叶子画着风的形状，却不需用笔。
院子的菊花一瓣瓣地凋落，却依然从容。

雨后山岚缭绕飘浮，反而增加山的青翠。
水里游鱼穿梭旅行，益发感到水的清明。

小心喂路过的鸽子，它不是为你才飞来。
不要惊动花上的蝶，它并非为你而美丽。

午夜的钟声
一声　响过　一声
黄昏的微风
一阵　凉似　一阵……

每一个我们在当下体验的真实，都是生命中的一朵鲜花，所以我们要好好开发花园，不要只执着一朵花。

慧春禅师，六十岁的时候知道了自己要离开人世，吩咐寺里的僧人在院子堆起木柴，她安详地坐在木柴上，叫人从四面同时点火。

“禅师呀！”一位和尚看着腾起的火焰问道，“那里面热不热?”

“只有愚痴的人才会关心这个问题。”慧春回答，话声甫落，人埋在火焰中，很快就化为灰烬了。

伟哉慧春！智慧有如园中的繁花，开放时是多么从容，凋谢时又多么的镇定呀！

感悟

散文精读·林清玄 >>

小 丑

在台北东区繁华的街市，偶尔会看到两位小丑，说是“小丑”，只是说他们的脸上画了五颜六色的油彩，不是真在舞台上表演的小丑。

在人群中，我们一眼就会看见他们，匆忙的人群每当走到他们面前，会突然惊心一下，一回神，才又继续匆忙的脚步。

有一位是长得高瘦的青年，他撑着拐杖沿忠孝东路卖口香糖，走累了，就会蹲靠在大百货公司的墙壁看着人群。他的小丑化妆把脸孔从中划成两半，一半是永远带着笑意，另一半则哭丧着，眼角挂着一滴垂到脸颊的泪。

他的脸于是成为一种极为荒诞的组合了，嘴角也是。他那一张艳红的嘴，一半要笑地上扬着，一半欲哭地落了下来。他的半哭半笑的脸，让人一见就不能忘，不过，在天气好的时候，他偶尔会画出一张很欢喜的笑脸，让人感觉很春天。

他的头发更绝，是最流行的朋克头，有时染成好几色，有时如公鸡的红冠高高竖起，在黑夜的人群与流丽的灯光中，他那血脉偾张的头发像箭一样，仿佛枝枝都要向人的红心射去。那小丑是城市里的孤独者，他总是默默地从此处穿过彼处，特别使人震动的是，他有一双极锐利极肃穆的冷眼，每次与他的眼神相遇，令人欲哭，感觉到小丑不应该有那样的眼神。

另一位“小丑”就完全不同了，他驾着一部小型的机动车，车上摆了许多乐器，沿街演奏，完全无视于周围的人群。有一次在顶好广场前，围了一群人，中间传来电子琴和口琴的声音，我从人缝中穿过去，就看到这位小丑了。他的两腿完全失去功能，但他的脸很温和，油彩的化妆也很温和，最奇异的是他的眼，温煦一如春阳。

很显然，小丑也陶醉在自己演奏的乐曲里了，他的欣悦传给了旁边的人，大家都专心地聆听这位残障者，用特别的慧心来为人间的温情下注。人群愈围愈多，竟把一整个广场都占满了，连来取缔的警察也站立倾听。

为什么，两位残障者装扮的小丑有如此大的不同呢？我不知道。我知道的是，他们夸张地把自己打扮起来，是为了引起别人的注视，以及悲悯，来求取生活的温饱；另外，他们对人间事物，应该有独特的自我诠释吧！似乎企图用欢乐的外表来化解人间深沉的悲哀。

今天，我到百货公司的洗手间时，正好遇到年轻的小丑在镜子前补妆，他的盒子里装着各色油彩，一笔一画地往脸上涂抹，出人意料的专注之情。我看见他那惯常冷漠的眼中有一丝丝忧伤，眉头也深结着，他把头发一撮撮拈起，用发胶固定，然后满意地看着自己的脸。我看着，好像自己也贴近了他那忧伤的心。

我站在旁边静静看他，一直到他完工为止，他未料到有人观看，竟羞赧地笑了，脸红得使油彩都为之失色。那一刻，我才感叹：呀！这好像经历人世沧桑的小丑原来只是个纯真的大孩子！

走到大街上，阳光灿然，真有几分是春天了，缤纷的春装已上市，冷然的都市人到街上温习已失去很久的早春的阳光，年轻人的笑语此起彼落。

有人哭着，也有人欢笑。

有人半边脸欢喜，半边脸流泪。

在另一个日出，我们会发现春天已经来了。

因为春天，不在遥远的天边，不在山水的人间，不在盛放的花蕊，而在人心。

我常常这样想：如果我是小丑，我要用什么眼神、什么心情来注视这个世界呢？

梅　香

一个有钱的富人，正在家院的花园里赏梅花。

那是冬日寒冷的清晨，艳红的梅花正以最美丽的姿容吐露，富人颇为自己的花园里能开出这样美丽的梅花，感到无比的快慰。

突然，门外传来敲门的声音，富人去开了门，发现一个衣衫褴褛的乞丐，在寒风里冻得直打抖，那乞丐已在这开满梅花的园外冻了一夜，他说："先生，行行好，可不可以给我一点东西吃？"

富人请乞丐在园门口稍稍等候，转身进入厨房，端来一碗热腾腾的饭菜，他布施给乞丐的时候，乞丐忽然说："先生，您家里的梅花，真是非常芳香呀！"说完了，转身走了出去。

富人呆立在那里，感到非常震惊，他震惊的是，穷人也会赏梅花吗？

这是自己从来不知道的。另一个震惊的是，花园里种了几十年的梅花，为什么自己从来没有闻过梅花的芳香呢？

于是，他小心翼翼地，以一种庄严的心情，深怕惊动梅香似的悄悄走近梅花，他终于闻到了梅花那含蓄的、清澈的、澄明无比的芬芳，然后他濡湿了眼睛，流下了感动的泪水，为了自己第一次闻到了梅花的芳香。

是的，乞丐也能赏梅花，乞丐也能闻到梅花的香气，有的乞丐甚至在极饥饿的情况下，还能闻到梅花清明的气息。

可见得，好的物质条件不一定能使人成为有品位的人，而坏的物质条件也不会遮蔽人精神的清明，一个人没有钱是值得同情的，一个人一生都不知道梅花的香气一样值得悲悯。

一个人的质量其实与梅香相似，是无形的，是一种气息，我们如果光是赏花的外形，就很难知道梅花有极淡的清香；我们如果不能细心地体贴，也难以品味到一个人隐在外表内部人格的香气。

最可叹惜的是，很少有人能回观自我，品赏自己心灵的梅香，大部分人空过了一生，也没有体会到隐藏在心灵内部极幽微，但极清澈的自性的芳香。

能闻梅香的乞丐也是富有的人。

现在，让我们一起以一种庄严的心情，走到心灵的花园，放下一切的缠缚，狂心都歇，观闻从我们自性中流露的梅香吧！

柔软心

一

我多么希望，我写的每一个字、每一篇文章都洋溢着柔软心的香味；我的每一个行为都有如莲花的花瓣，温柔而伸展。

因为我深信，一个作家在写字时，他画下的每一道线都有他人格的介入。

二

日本曹洞宗的开宗祖师道元禅师，传说他航海到中国来求禅，空手而来，空手而去，只得到一颗柔软心。

这是令人动容的故事，许多人认为道元禅师到中国求柔软心，并把柔软心带回日本。其实不然，柔软心是道元禅师本具的，甚至是人人本具的，只是，道元若不经过万里波涛，不到中国求禅，他本具的柔软心就得不到开发。

柔软心不从外得，但有时由外在得到启发。

三

学禅的人若无柔软心，禅就只是一种哲学，与存在主义无异。

柔软心并不是和稀泥一样的泥巴，柔软心是有着包容的见地，它超越一切、包容一切。

柔软心是莲花，因慈悲为水，智慧做泥而开放。

四

有人问我：“为什么草木无心，也能自然地生长、开花、结果，有心的人反而不能那么无忧地过日子？”

我反问道：“你非草木，怎么知道草木是无心的呢？你说人有心，人的心又在哪里呢？假若草木真是无心，人如果达到无心的境界，当然可以无忧地过日子。”

“凡夫”的“凡”字就是中间多了一颗心，刚强难化的心与柔软温和的心并无别异。

具有柔软心的人，即使面对的是草木，也能将心比心，也能与草木至诚地相见。

五

追鹿的猎师是看不见山的，捕鱼的渔夫是看不见海的。

眼中只有鹿和鱼的人，不能见到真实的山水，有如眼中只有名利权位的人，永远见不到自我真实的性灵。

要见山，柔软心要伟岸如山；要看海，柔软心要广大若海。

因为柔软，所以能够包容一切、涵摄一切。

六

人在遇到人生的大疑、大乱、大苦、大难时，若未被击倒，自然会在其中超越而得到“定”，因定而得清明，由清明而能柔软。

在柔软中，人可以和谐、单纯，进而达致意识的统一。

野狐禅、口头禅，最缺乏的就是柔软心，有柔软心的禅者不会起差别，不会贬抑净土，或密宗，或一切宗派，乃至一切众生。

七

有欲念，就有火气；有火气，就有烦恼。

柔软心使欲念的火气温和，甚至消散，当欲念之火消散了，就是菩提。

从烦恼到菩提的开关，就是柔软心。

八

佛陀教我们度化众生，并没有教我们苛求众生。我们要度化众生应在心中对众生没有一丝丝苛求，只有随顺。众生若可以被苛求，就不会沦为众生了。

随顺，就是处在充满仇恨的人当中，也不怀丝毫恨意。

随顺，就是随着充满黑暗的世界转动，自己还是一盏灯。

随顺，就是看任何一个众生受苦，就有如自己受苦一般。

随顺，是柔软心的实践，也是柔软心点燃的香。

谦卑心

一

谦卑比慈悲更难。

慈悲是把众生当成自己的子女，从心底生起自然的慈爱与关怀。

谦卑是把众生当成自己的父母，从心底生起自然的尊崇与敬爱。

我们知道，无条件地爱子女是容易的，无条件地敬父母则很少人可以做到。

所以，谦卑比慈悲更难。

二

通常，我们对身份地位权势比我们高的人，容易生起谦卑之念，不易生起悲悯的心。

反而，我们对身份地位权势比我们低的人，容易生起悲悯之念，不易生起谦卑的心。

这是我们的我执未破，在人中有了高低。

修行的人应该训练自己，对众人敬畏位高权重的人，发起悲悯；对地位卑微生活困顿的人，生起谦卑。

有名利地位的人不是也很值得同情悲悯吗?

没有名利地位的人不是也很值得感恩尊敬吗?

对富贵豪强的人悲悯很难，对贫贱残弱者的谦卑更难。

三

悲悯使我们心胸宽广，善于包容；谦卑令我们人格高洁，善于感恩。

慈悲是由感恩而生的，感恩则源于真正的谦卑，骄傲的人是不懂得感恩的，而由于感恩，我们才可以无憾地喜舍。这是四无量心慈、悲、喜、舍的发起，谦卑的感恩是其中的要素。

有一位伟大的噶丹巴上师教导我们，思考某些因果关系，来发展我们的四无量心，这思考的方法是：

我必须成佛，是第一要务。

我必须发菩提心，这是成佛的因。

悲是发菩提心的因。慈是悲的因。受恩不忘是慈的因。体认众生皆我父母，这个事实是不忘恩的因。我必须体认这一点！首先，我必须念念不忘今世母亲的恩，而观想慈。然后，我必须扩大这种态度，以包括所有还活着的众生。

透过这种思考，我们可以愉快地观想，不断地念：

当我愉快时，
愿我的功德流入他人！
愿众生的福泽充满天空！
当我不愉快时，
愿众生的烦恼都变成我的！
愿苦海干涸！

我们的观想可以得到真实的谦卑，谦卑乃是感恩，感恩乃是慈悲，慈悲乃是菩提！

四

谦卑就是谦虚，还有卑微。

谦虚要如广大的天空，有蔚蓝的颜色，能容受风云日月，不会被雷电乌云遮蔽，而失去其光明。

卑微要如无边的大地，有翠绿的光泽，能承担雨露花树，不会被污秽垃圾沉埋，而失去其生机。

谦虚的天空不会因破坏而嗔恨，卑微的大地不致因践踏而委屈。

永远不生起嗔恨、不感到委屈，是真实的谦卑。

五

我一向不愿穿戴昂贵的服饰，不愿拥有名牌，因为深感自己没有那样名贵。

我一向不喜出入西装革履、衣香鬓影的场合，因为深感自己没有那样高级。

我要谦虚卑微一如山上的一株野草。

谦卑的野草是自在地生活于大地，但野草也有高贵的自尊，顺着野草的方向看去，俯视这红尘的大地，会看见名贵高级的人住在拥挤的大楼，只有一个小小的窗口。

我不要人人都看见我，但我要有自己的尊严。

六

一株野草、一朵小花都是没有执着的。

它们不会比较自己是不是比别的花草美丽，它们不会因为自己要开放就禁止别人开放。

它们不取笑外面的世界，也不在意世界的嘲讽。

谦卑的心是宛如野草小花的心。

七

宋朝的高僧佛果禅师，在舒州太平寺当住持时，他的师父五祖法演给了他四个戒律：

> 一、势不可使尽——势若用尽，祸一定来。
>
> 二、福不可受尽——福若受尽，缘分必断。
>
> 三、规矩不可行尽——若将规矩行尽，会予人麻烦。
>
> 四、好话不可说尽——好话若说尽，则流于平淡。

这四戒比“过犹不及”还深奥，它的意思是“永远保持不及”，不及就是谦卑的态度。

高傲的人常表现出“大愚若智”，谦卑的人则是“大智若愚”。

八

南泉普愿禅师将圆寂的时候，首座弟子问道："师父百年后，向什么处去?"

他说："山下做一头水牯牛去。"

弟子说："我随师父一起去。"

禅师说："你如果想随我去，必须衔一茎草来。"

在举世滔滔求净土的时代，愿做一头山下的水牛，这是真正的谦卑。

九

释迦牟尼佛在行菩萨道时，曾在街路上对他见到的每一个众生礼拜，即使被喝骂棒打也不停止，只因为他相信众生都是未来佛，众生都可以成佛。

我们做不到那样，但至少可以在心里做到对每一众生尊敬顶礼，做到印光大师说的："看人人都是菩萨，只有我是凡夫。"

是的，只有我是凡夫，切记。

十

我愿，常起感恩之念。

我愿，常生谦卑之心。

我愿，我的谦卑永远向天空与大地学习。

感同身受

芦苇知道在秋天开出白茫茫的花是感同身受；

枫树知道在秋天展放红艳艳的叶是感同身受。

风，使我们凉，是感同身受；

雨，使我们湿，是感同身受；

阳光，使我们温暖，是感同身受；

涛声，使我们震动，是感同身受。

我们最亲的人病了，我们知道什么是感同身受；我们走过医院病房，听见陌生人的哀号，何尝不感同身受呢？

我们从无助的境况艰困地挣扎出来，当我们再看到无助者陷落，是不是感同身受呢？

我们在路旁看见被疾驰的车撞倒，奄奄喘息血流遍地的一只猫，令我们酸楚落泪，是不是感同身受呢？

感同身受再大一些，是无缘大慈；感同身受再深刻一些，是同体大悲；能感同身受又能拔苦与乐，就是菩萨了。

让我们闭起眼睛，观想世界众生在我的心地，然后张开眼睛，以虔诚的心来读一段《华严经》：

皆悉与我同行、同愿、同善根、同出离道、同清净解、同清净念、同清净趣、同无量觉、同得诸根、同广大心、同所行境、同理同义、同明了法、同净色相、同无量力、同最精进、同正法音、同随类音、同清净第一音、同赞无量清净功德、同清净业、同清净报。同大慈周普救护一切、同大悲周普成熟众生、同清净身业随缘集起令见者欣悦、同清净口业随世语言宣布法化、同往诣一切诸佛众会道场、同往诣一切佛刹供养诸佛、同能现见一切法门、同住菩萨清净行地。

亲爱的陌生人，秋天的时候，我们站在芦苇丛中是不是和芦苇一样感到秋风的凄凉？我们站在枫红层层里，是否也看见了我们被寒风冻红的双颊呢？

那么，我们又何能冷漠地、孤傲地生活在人群里呢？

真心相待

一切好的思想、语言、行为

都源自

真心的相待

带孩子去买鞋子，一开始，店员小姐还满热心的，试穿了几双，她开始有不耐烦的表情。孩子喜欢的样子，不是太大，就是太小；正好合脚的鞋子，式样都不是孩子喜欢的。

最后我们决定不买，当我对店员小姐赔笑脸地说："对不起，我们再看看好了。"她的脸立刻拉下来，臭不可视，我想起一句乡下人常说的俚语："那种脸，就像不知道你欠她多少会钱同款。"我立刻拉着孩子逃出店外，孩子幽默地说："爸爸，又一家拒绝往来户。"我们都笑起来，我心里暗自决定：即使以后需要打赤脚，也绝不会向这一家买鞋子。

其实，这一种情况不是偶然发生的，只要在台北买东西，隔几天就会遇到一次，那些态度恶劣的店员脸上时常写着轻蔑、怨恨的表情，仿佛不买东西就是欠了她一样，完全不知道服务精神是什么。我时常想，要把一家商店搞垮，最容易的方式就是请两个臭脸的小姐，像门神一样，包管可以做到“闲人免进，童叟必欺”的地步，那么再好的店也是不久就垮了。

因为买东西的人有很多选择，何必去受气呢？所以一遇到这种“内有恶姐”的商店，我一律将之列为“拒绝往来户”，就算里面有一斤黄金卖三元，我也不会再去“交关”了。

我一直想不通的是，这些店员小姐哪里来那么大的火气？她们不上班的时候也是这个样子吗？难道她们心里对顾客、老板没有一点感恩之念吗？甚至，难道她们没有受到一点工作与服务的训练吗？

但是，我可以确定的是，一天如果几十次臭脸摆下来，这位小姐的美丽与性情一定会大变，内心里也会饱受折磨。我还可以确定，服务这么差的小姐，前途绝对不会有发展的，只好一辈子痛苦地做店员。我更可以确定，有她在的店生意一定不会好。

一个店员不能和善礼貌地对待顾客，可能与训练或待遇没有直接关系，更重要的是，没有学习到如何真心地善待别人，形诸于外，就是服务精神不佳，从内心来说，就是人格不健全。因为人格健全的人，不会少卖一双鞋子，就立刻怨恨生气的；人格健全的人也不会因为做店员而感到自卑不悦。以服务业来说，店员是一个最敏锐与高尚的行业，其地位有如军队里在最前线的战士，他的基本动作、战技、自信、勇气，平时是象征一个部队的形象，实战的时候则靠他们取胜。

如果没有好的战士，再好的司令、指挥官、防御工事、武器，都还是要打败仗的；如果没有好的店员，再名贵的品牌、再华丽的店都是要倒店的。

有一天，我在百货公司化妆品专柜，看到一位小姐不断地在纸上写字，我好奇探头一看，发现满纸写满了同一个“忍”字，使我感触很多，她是在忍什么呢？忍耐工作？或是忍耐顾客呢？

能忍已经不错了，表示对自己的工作“认命”，谁叫我们做了店员呢？做店员就是要认命地服务。但能不忍更好，从内心里真心对待顾客，就像对我们自家的人，还有什么痛苦可言？

我喜欢看在超级市场、超商、速食店工读的学生，他们的待遇比不上一个店员，可是他们充满朝气、有活力，不怨叹工作，我总是在一边想着：这些工读生卧虎藏龙，将来的世界一定是他们的天下，他们绝对不会一辈子做店员的。

反过来说，假如一个人连店员都做不好，还能期待他做出什么伟大的事呢？

让我们多一点真心的对待吧！多给别人一个微笑、一点宽容、一些关怀，否则，在商店成为拒绝往来户还不要紧，万一成为人生里被拒绝往来的人，就很可悲了。

雪的面目

在赤道，一位小学老师努力地给儿童说明“雪”的形态，但不管他怎么说，儿童也不能明白。

老师说：雪是纯白的东西。

儿童就猜测：雪是像盐一样。

老师说：雪是冷的东西。

儿童就猜测：雪是像冰淇淋一样。

老师说：雪是粗粗的东西。

儿童就猜测：雪是像沙子一样。

老师始终不能告诉孩子雪是什么，最后，他考试的时候，出了“雪”的题目，结果有几个儿童这样回答：“雪是淡黄色，味道又冷又咸的沙。”

这个故事使我们知道，有一些事物的真相，用言语是无法表白的，对于没有看过雪的人，我们很难让他知道雪，像雪这种可看的、有形象的事物都无法明明白白地讲，那么，对于无声无色、没有形象、不可捕捉的心念，如何能够清楚地表达呢?

我们要知道雪，只有自己到有雪的国度。

我们要听黄莺的歌声，就要坐到有黄莺的树下。

我们要闻夜来香的清气，只有夜晚走到有花的庭院。

那些写着最热烈优美的情书的，不一定是最爱我们的人；那些陪我们喝酒吃肉搭肩拍胸的，不一定是真朋友；那些嘴里说着仁义道德的，不一定有人格的馨香；那些签了约的字据呀，也有背弃与撕毁的时候！

这个世界最美好的事物，都是语言文字难以形容与表现的。

那么，让我们保持适度的沉默吧！在人群中，静观谛听；在独处的时候，保持灵敏。

就像我们站在雪中，什么也不必说，就知道雪了。

在雪中清醒的孤独，总比在人群中热闹的寂寞与迷惑要好些。

雪，冷而清明，纯净优美，念念不住，在某一个层次上，像极了我们的心。

柔软的耕耘

童年时代，家里务农，种了许多作物，不管是要种什么，父亲带我们做的第一件事情就是翻松土地。

如果是种稻子或甘蔗，就用牛犁，一行一行地把土地翻过来，再翻过去，最少要把两尺深的硬土整个松过一遍。父亲的说法是："土地是有地力的，种过的土地表层已经耗去地力，所以要把有地力的沙土，从深的地方翻出来。而且，僵硬的土地是什么作物也不能种植的，柔软的土地才是有用的土地。"

如果是尚未种过的土地，就要用锄头松土，因为怕牛犁损坏了。先要把地上的杂草拔除，然后一锄一锄地掘下去，掘起来的土中夹着石头，要把石头拾到挑篮里。这些石头被挑到田畔去做水圳，以利灌溉和排水，并保护土地。

第一次耕种的土地要掘到四尺深，工作是非常繁剧的。

"为什么要掘这么深?"有一次我问父亲。

他说："不管是种什么作物，根是最要紧的，根长得深，长得牢固，作物的生长就没有问题。要根长得深和牢固，就要把石头和野草的根彻底地除去，要使土地松软。土地若是不松软，以后撒再多肥料也没有用呀！”

童年松土的记忆深埋在我的心里，知道强根固本的重要，但若没有柔软的土地，强根固本也就成为妄谈。人也是和土地一样，要先把心地松软了，一切菩提、智慧、慈悲，以及好的良善的品性，才有可能长得好。即使是年年长好作物的农田，也要每年除草、松土，才能种新的作物。

因此，一切正面的品德，最基础和根本的就是有一颗柔软的心。

柔软心在佛教的经典里常被提到，例如把十地菩萨的第五地称为“柔软地”。如来常教我们要有柔软的心、柔软的行为、柔软的语言；要柔顺、柔法、柔和忍辱、柔和质直。

例如在《法华经》里，佛就说柔和忍辱是如来的心，如果一个人有柔和忍辱的心，就可以防止一切嗔怒的毒害，如衣服可以防止寒热一样。佛说：“如来衣者，柔和忍辱心是。”“诸有修功德，柔和质直者，则皆见我身，在此而说法。”

例如在《大集经》里，佛说：“于众生中常柔软语故，得梵音相。”因而把如来温和柔软的声音，称为清净殊妙之相。

什么是柔软心呢？就是不执着、不染杂、不僵化、能出淤泥而不染的心。是指慧心柔软的人，能随顺真理，既能随顺人的本性不相违逆，又能与实相之理不相乖违。所以在《十住毗婆沙论》里说：“柔软心者，谓广略止观相顺修行，成不二心也。譬如以水取影，清净相资而成就也。”那么，柔软心也可以说是不二的心，不分别的心，清净的心。

有柔软心的人才能真正地生起道德，也才能以这种柔软使别人生起道德。贤首菩萨曾说：“柔和质直摄生德。”意思是慈悲平等，质直无伪的人，才能摄化众生进入正法。

我们都知道，佛教里以清净的莲花，作为法的象征。莲花的十德里第五德就是：“柔软不涩，菩萨修慈善之行，然于诸法亦无所滞碍，故体常清净，柔软细妙而不粗涩，譬如莲花体性柔软润泽。”（《除盖障菩萨所问经》）所以，莲花也叫作“柔软花”。

据说在天界最鲜白柔软的花曼殊沙华，也叫作“柔软花”。不知道莲花与曼殊沙华是不是相同，但是把人间天上最美的花都叫作“柔软花”，可以见到其中深切的寓意。在西方净土诞生的人不也是在莲花上化生吗？可见，柔软，是独步于天上、人间、净土的。一个真正柔软心的人，在任何地方都是出入自在。传说地藏菩萨在地狱行走的时候，焚烧人的烈焰，一时之间都化成柔软美丽的红莲花来承接他的双足呀！

有柔软地才会耕耘出柔软心，不是来自印度的观念，中国本来就有。

传说老子的老师常枞要死的时候，老子去问法，请老师说出最后的教化。

常枞缓缓张开嘴巴，叫老子往嘴巴里看，问老子说：“你看见什么？”

老子说：“我只看见舌头。”

常枞说：“牙齿还安在吗？”

老子说：“牙齿都没有了。”

常枞说：“这就是我给你上的最后一课。”

老子又问：“而今而后，我要向谁请教？”

常枞说：“你要以水为师，你可看河床的石头虽然坚硬无比，不久就被水穿成孔、流成槽了。”

说完，常枞就仙逝了。

这是中国古代讲柔软心的动人故事。常枞“以水为师”的教化可以和佛圆寂时说的“以戒为师”相互比美。以水的柔软为师，能知道天下最坚强的就是柔软；以戒的清净为师，能知道天下最有力量的是清净。

老子以水为师，说出了千古的真意：

守柔曰强。

弱之胜强，柔之胜刚。

天下莫柔弱于水，而攻坚强者莫之能胜。

江海所以能为百谷王者，以其善下之。

老子是通达柔软心的真实开悟者。

柔软的水才能千回百转，或成平湖，或成瀑布，或成湍流，天下没有可以阻挡的；柔软的土地才能生机绵延，或在平原，或在奇峰，或在污泥，都能展现生命的活力；柔软的心才能超越人生世相，或处痛苦，或陷逆境，或逢艰危，都能有着宽容、感恩、谦卑、无畏的心情。

故知柔软心是觉悟、是菩提、是般若波罗蜜多，是成就一切法门的根本心，也是一切法门成就的境界。

当我们说到修行，修行就是不断地松土、除草、捡石头，使土地维持在最好的状况吧！土地如果在最好的状况，随便撒一把种子，生机就会有无限的绵延。

童年松土的时候，时常会踩到石头跌伤，锄伤自己的脚踝，被虫蚁咬肿，甚至偶遇西北雨，回家就感冒了。但只要知道那是使土地柔软所必须付出的代价，就能安于刺痛、锄伤，与感冒。

每年，在土地完全翻松的时候，我站在田岸上，看着老牛吃草，白鹭鸶在土地上嬉戏，就仿佛已看见黄金色的稻子在晨风中点头微笑，看见了油菜花嫩黄的颜彩上有彩蝶翩翩，看见了和风吹拂在翠绿的芋叶上，夕照前的晚霞横过天际……

在土地翻松那一刻，我们已看见收成的景致呀！一个人有了柔软心也如是，仿佛闻到了《法华经》说的“花果同时”的芬芳！

单纯的宝藏

在印度有一个古老的传说：

有一群聪明人，要去挖掘宝藏，根据他们的各种推论，宝藏应该是埋藏在无穷远大的山顶上的，至于在山上的什么地方，颇引起大家的争论。

他们正在议论的时候，一个单纯的农夫正好路过，好奇地停下来听他们的谈话，他听不懂那些聪明人谈话的内容，只听懂似乎在某一个地方埋着巨大的宝藏。

后来聪明人出发了，他们浩荡地走入无尽的远山，不管到任何一座山他们都要争论，因此，他们从未开始掘一块土，当然他们永远不可能挖到宝藏。

但是，那个贫穷的农夫，他既不知道理论上宝藏应该埋在深山，也不知道理论上挖宝藏应该考证，他就从那些聪明人争论宝藏时所站的那块土地掘下去，一天又一天地挖掘下去，终于找到了那一座大的宝藏。

从理论上说，那个农夫似是太单纯了，但这个印度寓言正在启示我们，单纯的实践的力量。就在我们这个社会上，现在到处充满了复杂的空论，许多在报纸上写婚姻疑难专栏的人，是从没有结过婚的；许多为民喉舌的代言人，背后有大资本家的支援；许多在议会中做道德质询的人，自己却经营色情的行业；许多事业看来成功的商人，却做着败德与潜逃的准备……

我们可以说是一个黑白两道混淆不清的社会，造成这种现状的原因正是缺乏一种单纯的实践的精神。

每个人都在梦想远方的宝藏，又没有人愿意从自己的内心掘起，反倒那些一步一步使自己过尊严生活的平凡人，被看成是呆子，是不合时代的人。

有一次，我对一个孩子讲这个印度的古老传说，孩子听完后问说：“他挖到那个宝藏不是很危险吗？迟早要被那些聪明人骗走的！”我听了以后感慨良深，如果连我们的孩子都有这样的忧虑，那么单纯的实践就更难了。

不过，对于能单纯实践的人，他的心就是净土，走到哪里，清净的门都为他开启；对于有复杂的空论的人，处处的大门都锁着，即使知道远山有宝藏也毫无用处。

一九八五年十一月一日

季节十二帖

一月　大寒

冷也冷到顶点了。

高也高到极限了。

日光下的寒林没有一丝杂质，空气里的冰冷仿佛来自故乡遥远的北国，带着一些相思，还有细微几至不可辨认的骆驼的铃声。

再给我一点绿色吧，阳光对山说。

再给我一点温暖吧，山对太阳说。

再给我一朵云，再给我一把相思吧，空气对山岚说。

我们互相依偎取暖，究竟，冷也冷到顶点，高也高到极限了。

二月　立春

春气始至，下弦月是十一日的七时一分。

“如果月光开始温柔照耀的时候，请告诉我。”地底的青虫对着荷叶上的绿蛙说。

“我忙得很呢！我还要告诉茄子、白芋、西瓜、蕹菜、肉豆、苋菜，它们发芽的时间到了。”蛙说。

“那么谁来告诉我春天到来了呢?”青虫说。

“你可以静听远方的雷声，或是仕女们踏青的步声呀!”蛙说。

青虫遂伏耳静听，先听见的竟是抽芽的青草血液流动的声音。

三月　惊蛰

“雷鸣动，蛰虫皆震起而出，故名惊蛰。”

我们可以等待春天的第一声雷，到草原去，那以为是地震的蛰虫都沙沙地奔跑，互相走告：雷在春天，不知道为什么这一次打到地底来了。蚱蜢都笑起来，其实年年雷都震动地底，只是蛰虫生命短暂，不知道去年的事吧!

在童年遥远的记忆中，我们喜欢春天到草原去钓蛰虫，一株草伸入洞里，蛰虫就紧紧咬住，有如咬住春天。

童年老树下的回忆，在三月里想起来，特别有春阳一般的温馨。

四月　清明

“时万物皆洁齐而清明，盖时当气清景明，故名。”

这一次让我们去看四月里温柔的草原与和煦的白云吧！因为如果错过了四月的草之绿与云之白，今年就再也没有什么景色可以领略了。

但是，别忘了出发前让心轻轻地沉静下来，用一种清明的心情去观照天空与花树的对话。

我走出去，感觉被和风包围，我对着一朵含苞的小黄花说：“亲爱的，四月的时候不要睡着了。”

五月　小满

天空突然下起雨来，对于天上的雨我们没有拒绝的权利，我们总是默默地接受了。

站在屋檐下避雨，我想着：为什么初夏的雨总没来由地下着，这时，竟有一些些美丽的心情，好像心里也被雨湿润了，痴痴地想起，某一年，是这样的五月，也是这样突然的初夏之雨，与一个心爱的人奔过落雨的大街。

冲进屋檐下的骑楼，抬头正与一个厢壁的石雕相遇，那石雕今日仍在，一起走过雨路的人，却远了。

五月的雨，总也是突然就停了。

阳光笑着，从天上跌落下来。

六月　芒种

“时可种有芒之谷，过此即失效，故曰芒种。”

坐火车飞过田野，偶尔会见到农夫正在田中插秧，点点的嫩绿在风中显得特别温柔，甚至让人忘记了那每一株都有一串汗水。

芒种，是多么美的名字，稻子的背负是芒种，麦穗的承担是芒种，高粱的波浪是芒种，天人菊在野风中盛放是芒种……有时候感觉到那一丝丝落下的阳光，也是芒种。

六月的明亮里，我们能感受到四处流动的光芒。

芒种，是深深把光芒植根，在某些特别的时候，我呼唤着你的名字，就仿佛把光芒种植。

七月　小暑

院里的玫瑰花，从去年落了以后就没有再开。

叶子倒仍然十分青翠，枝干也非常刚强，只是在落雨的黄昏，窗子结满雾气，从雾里看出，就见到了去年那个孤寂的自己。

这一次从海岸回来，意外地看到玫瑰花结成的苞，惊喜地感觉自己又寻回年轻时那温婉的心情，这小小的花，小小的暑气，使我感觉到真实的自我。

泡一杯碧螺春，看玫瑰花在暑气里挣扎开放，突然听见在遥远海边带回来的涛声，一波又一波清洗着我心灵的岬角。

八月　立秋

“秋训：禾谷熟也。”

梦里醒来的时候，推窗，发现天上还洒着月光。

仿佛才刚刚睡去，怎么忽然就从梦里醒来了呢？

刚刚确实是做了梦的，我努力回想梦境，所有的情节竟然都隐没了，只剩下一个古老的、优雅的、安静的回廊，回廊里有轻浅的步声，好像一声一声地从我的心头踩过。

让我再继续这个梦吧！躺下时我这样许着愿。

我果然又走进那个回廊，步声是我自己的，千回百转才走到出口，原来出口的地方满天红叶，阳光落了一地。

原来是秋天了，我在回廊里轻轻叹口气。

九月　白露

“阴气渐重，凝而为露，故名白露。”

几棵苍郁的树，被云雾和时间洗过，流露出一种沧桑的神色。我站在这山最高的地方下望，云一波波地从脚下流过，鸟声在背后传来，我好像也懂了站在这里的树的心情——站在最高的地方可以望远，但也要承担高的凄冷，还有那第一波来的白露。

候鸟大概很快就要从这里飞过，到南方的海边去了吧？

这时站在云雾封弥的山上，我闭上眼睛，就像看见南方那明媚的海岸。

十月　霜降

这一次我离开你，大概就不容易再见到你了。

暮色过后，我会有一个真正的离开，就让天空温柔的晚霞做最后见证，有一天再看见同样美的晚霞，不管在何时何地，我都会想起你来。

霜已经开始降了，风徐徐的，泪轻轻的，为了走出黑暗的悲剧，我只好悄悄离去。

我走的时候，感到夜色好冷，一股凉意自我的心头刺过。

十一月　立冬

“冬者，终也。立冬之时向，万物终成，故名立冬。”

如果要认识青春，就要先认识青春有终结的时候。

为花的开放而欢喜，为花的凋落而感伤，这样，我们永远不能认识流过的时间，是一种自然的呈现。

在园子里紫丁香花开的时候，让我们喝春天的乌龙吧！

在群花散尽，木棉独自开放的冬日，让我们烘着暖炉，听维瓦尔第，喝咖啡吧！

冬天是多么美，那枝头最后落下的一朵木棉，是绝美！

十二月　冬至

“吃过这碗汤圆，就长一岁了。”冬至的时候，母亲总是这样说。

母亲亲手做的汤圆格外好吃，尤其是在寒冷的冬夜，又和着成长的传说。

吃完汤圆，我们就全家围在一起喝热茶，看腾腾热气在冷的气候中久久不散，茶是父亲泡的，他每天都喝茶。但那一天，他环顾我们说：“果然又长大一些。”

那是很多年前冬至的记忆，父亲逝世后，在冬至，我常想起他泡的茶，香味至今仍在齿颊。

珍惜一枝稻草

有一位很想成为富翁的青年，到处旅行流浪，辛苦地寻找着成为富翁的方法。几年过去了，他不但没有变成富翁，反而成为衣衫破烂的流浪汉。

最后，他想起了寺庙里的观世音菩萨。他知道菩萨无所不能、救苦救难，就跑到庙里，向观世音菩萨祈愿，请求菩萨教他成为富翁的方法。

观世音菩萨被他的虔诚感动了，就教他说："要成为富翁很简单，你从这寺庙出去以后，要珍惜你遇到的每一件东西、每一个人。并且为你遇见的人着想，布施给他。这样，你很快就会成为富翁了。"

青年听了，心想这方法真简单，高兴得不得了，就告辞菩萨，手舞足蹈地走出庙门，一不小心竟踢到石头绊倒在地上。当他爬起来的时候，发现手里粘了一枝稻草，正想随手把稻草丢掉，猛然想起了观世音菩萨的话，便小心翼翼地拿着稻草向前走。

路上迎面飞来一只蜜蜂，他想起菩萨的话，就把蜜蜂绑在稻草上，继续往前走。

突然，他听见了小孩子号啕大哭的声音，走上前去，看见一位衣着华丽的妇人抱着正大哭大闹的小孩子，怎么哄骗也不能使他停止哭泣。当小孩看见青年手上绑着蜜蜂的稻草时，立即好奇地停止了哭泣。那人想起菩萨的话，就把稻草送给孩子，孩子高兴得笑起来。妇人非常感激，送给他三个橘子。

他拿着橘子继续上路，走了不久，看见一个布商蹲在地上喘气。他想起菩萨的话，走上前去问道：“你为什么蹲在这里，有什么我可以帮忙吗？”布商说：“我口渴呀！渴得连一步都走不动了。”

“那么，这些橘子送给你解渴吧！”他把三个橘子全部送给布商。布商吃了橘子，精神立刻振作起来。为了答谢他，布商送给他一匹上好的绸缎。

青年拿着绸缎往前走，看到一匹马病倒在地上，骑马的人正在那里一筹莫展。他就征求马主人的同意，用那匹上好的绸缎换了那匹病马，马主人非常高兴地答应了。

他跑到小河去提一桶水来给那匹马喝，细心地照顾它，没想到才一会儿，马就好起来了。原来马是因为太口渴才倒在路上。

青年继续骑马前进，正经过一家大宅院前面时，突然跑出来一个老人拦住他，向他请求：“你这匹马，可不可以借我呢?”

他想起观世音菩萨的话，就从马上跳下来，说:“好，就借给你吧!”

那老人说:“我是这大屋子的主人，现在我有紧急的事要出远门。这样好了，等我回来还马时再重重地答谢你；如果我没有回来，这宅院和土地就送给你好了。你暂时住在这里，等我回来吧!”说完，就匆匆忙忙骑马走了。

青年在那座大庄院住了下来，等老人回来，没想到老人一去不回，他就成为庄院的主人，过着富裕的生活。这时他才悟到:“呀！我找了许多年成为富翁的方法，原来这样简单!”

这是一个日本童话，它有深刻的启示意义。生活在这世界上的大部分人，就像故事中的青年，都想成为富有的人，一般人想到有钱就会富有，层次高一点的人除了钱，希望精神上也能富有。

什么样的人才算富有呢？富有的标准不是财货的多寡，而是以能不能布施给别人来衡量的。能给出去的人才算富有，只能私藏为己用的人，即使家财万贯，也算是贫穷的人!

什么样的人才能布施呢？简单地说，就是“惜缘”的人。因为能珍惜每一个因缘，甚至不弃绝和我们擦身而过的人，才使我们能布施而没有一点遗憾，有遗憾就不能说是富有。

因此，真正通向富足的道路，不是财货的堆积，也不是名利的追求，而是珍惜我们所遇到的每一件东西、每一个人，处处为人着想，布施给别人。

台湾有两句俗语，一句是“一枝草，一点露”，说明了人的福分是有限的，上天雨露均沾，强求也没有用。还有一句是“草仔枝也会绊倒人”，就是不要轻视小草，小草也能让我们跌伤的。反过来说，一枝草的因缘何尝不能帮助我们呢？

致富之道无它，惜缘、布施而已。惜缘使我们无憾，布施使我们成为真正富有的人。

在微细的爱里

苏东坡有一首五言诗，我非常喜欢：

钩帘归乳燕，穴牖出痴蝇。
爱鼠常留饭，怜蛾不点灯。

对才华盖世的苏东坡来说，这算是他最简单的诗，一点也不稀奇，但是读到这首诗时，却使我的心深深颤动，因为隐在这简单诗句背后的是一颗伟大细致的心灵。

钩着不敢放下的窗帘，是为了让乳燕能归来。看到冲撞窗户的愚痴的苍蝇，赶紧打开窗门让它出去吧！

担心家里的老鼠没有东西吃，时常为它们留一点饭菜。夜里不点灯，是爱惜飞蛾的生命呀！

诗人那个时代的生活我们已经不再有了，因为我们家里不再有乳燕、痴蝇、老鼠和飞蛾了，但是诗人的情境我们却能体会，他用一种非常微细的爱来观照万物，在他的眼里，看见了乳燕回巢的欢喜，看见了痴蝇被困的着急，看见了老鼠觅食的心情，也看见了飞蛾无知扑火的痛苦，这是多么动人的心境呢？我们有很多人，对施恩给我们的还不知感念，对于苦痛生活在我们身边的人吝于给予，甚至对于人间的欢喜悲辛一无所知，当然也不能体会其他众生的心情。比起这首诗，我们是多么粗鄙呀！

不能进入微细的爱里的人，不只是粗鄙，他也一定不能品味比较高层次的心灵之爱，他只能过着平凡单调的日子，而无法在生命中找到一些非凡之美。

我们如果光是对人有情爱、有关怀，不知道日落月升也有呼吸，不知道虫蚁鸟兽也有欢歌与哀伤，不知道云里风里也有远方的消息，不知道路边走过的每一只狗都有乞求或怒怨的眼神，甚至不知道无声里也有千言万语……那么我们就不能成为一个圆满的人。

我想起一首杜牧的诗，可以和苏轼这首诗相配，他这样写着：

> 已落双雕血尚新，鸣鞭走马又翻身。
> 凭君莫射南来雁，恐有家书寄远人。

厕所前的范曾

在阳明山上供人洗温泉、喝茶、吃饭的地方，挂了许多范曾的作品，甚至连厕所前面也挂了几幅，问起来，主人还不知道范曾是谁，他活到六十岁还没有听过“范曾”这两个字。

“那么，你怎么会有这么多范曾的作品呢?”我问。

“呀！那是我儿子到大陆去旅行，看到这些画不错，又便宜，一张才一百元，就买了一大叠回来。”

“你知道这是有名的画家吗?”

“管伊有名无名，好看就好了。”

当然，这些“范曾”都是伪作，有一张挂在厕所外面的八仙图，技法不错，几可乱真，显然是受过良好美术训练的人摹仿出来的。

在深山里看到这么多范曾的伪画，使我心中颇为感慨，感慨于伪画无所不在，一个完全不认识“范曾”这两个字的人，在大陆的路边偶然间还可以买一叠范曾的假画，那么有心于造假、有心于买卖假画的人，遇到假画的概率更高得多了。

不久前，范曾来台湾展览，曾公开为收藏范曾画作的民众评鉴真假，结果发现在数百幅的画作中，只有寥寥数幅是真迹。有一些假画甚至连范曾本人都表示“仿得太像了”，如果不是他本人鉴定，一般的行家也看不出来，由此可以看到伪作泛滥的情形。

最近，被称为近代大家的张大千作品在美国展览，展出许多他生前摹古的作品，很引起议论。论者分成两派，一派认为中国艺术本来就是从模仿习作开始，因此艺术家在成长过程中临摹古画根本是不可免的。一派认为摹古是一种劣习，不免认为像张大千这样的大师也染上污点。

正如“艺术”与“色情”是永远不能厘清的问题，“摹古”与“伪画”也是难以评断。

但是，我觉得可以从三个方面来判断一个画家“摹古”之必要，一是动机，二是历程，三是目标。

在动机上，我们可以清楚地看到一个画家是出于学习、研究或是牟利、欺世，摹古的画作如果能幅幅有出处，并且不流入市场，不出售图利，不鱼目混珠，则摹古几乎是一个中国画家必要的途径。

在历程上，一个有志于艺术的人，也应该像禅师所说“丈夫自有冲天志，不向如来行处行”，把参学、模仿的时间缩短，并在其中寻找自我风格，每有摹古，必出新意。

在目标上，艺术家自我的成长，必然使他能很快走出摹古的阶段，找出自己的方向，如果到五六十岁还在摹古而不放，就不可能做出什么成绩了。

从这三个角度来检视张大千的摹古画，我们可以看到张大千虽然在壮年之前作许多摹古画，却是在为自己的艺术做准备，像他到敦煌去摹古，报纸杂志都还登过不少报道，可见他在摹古画上是抱着坦然的态度，而他后期开展了破墨画法，已使他的成就与他所模仿过的古人并驾齐驱，在这一点上，我觉得大千居士的模仿是有其道理的。

反过来说，如果模仿的动机是为了图利，在历程上无法从模仿中学习，在目标上则不试图寻找自己的方向，那么就是伪作，像挂在厕所前面的范曾图绘了。

我时常在艺品店里看到许多“伪作”，像齐白石、傅抱石不必说，连张大千都有伪作了。朱铭的木刻，从最早期的水牛，到近期的太极系列都有人“伪刻”。这些作品的售价还颇不便宜，制造的人与贩售的人都是其心可议的。

摹古是为了创作而存在的，其必要有如伟大的交响乐之于作曲家；伟大的文学经典之于作家；是训练的基础与灵感的根基。但是无法创新的摹古，则正好是扼杀创造力的刽子手，成为劣品、伪作充斥的世界。

不只艺术如此，人生也是如此，再好的人生经验，再伟大的人格志节，再不凡的大师，都只是我们引路的灯盏，人生的好坏要自己经验，伟大的人格之塔要自己建造，不凡的生活要用心经营，都不能假手他人。

如果我们的人生只是在拷贝别人的影子，那就好像在路边出售伪作的人，最后只能一张一百元勉强挂在厕所前面了。

一个茶壶一个杯

故乡的体育场附近有一个老人聚集的“茶亭”，终日都有老人在那里喝茶开讲。我回乡居住的时候，总爱去那边闲坐，听听老人在生活中的智慧与品味。

由于茶亭少有年轻人去，我刚去的时候，老人有些惊疑，后来知道我是后发哥仔的后生，立刻就冰释了，还热情地说：“来，这是你老仔生前常坐的地方。”

我发现老人有一个非常明显的特质，就是有说不完的话。他们几乎可以终日聊天而话题不断，从政客打架讲到强奸杀人，从春耕播种说到西瓜落价，从杭州的天气真好扯到屏东某村落三十年前下冰雹……有时候对世事的知情与议论，一针见血的观点犹胜许多在电视上胡扯的知识分子。

有一天，一位阿伯仔突然在听到别人说“西瓜好吃，可惜籽多”的时候，他说：“现在的世事、现代的人情比西瓜的籽还要复杂。”

别的老人就问：“你是怎样看的?”

“这真简单，”老人自信满满地说，“从前的人一把雨伞可以用很多年，现在的人一年用很多把雨伞。从前的人一双皮鞋可以穿十几年，现在的人一年买很多双皮鞋。从前的人一个春天只做耕种一件事，现在的人一天做很多件事，无闲（忙）得超过以前的一个春天……”

他说得其他老人无不点头表示同意。

他的议论犹未尽。老人的谈话有一特色，就是凡有议论都可以尽情发挥，别人不会随便插嘴。他又说：“只要想想，这样的生活怎能不复杂？光是每天出门要穿哪双皮鞋、哪件衣服就要伤半天脑筋了。我孩子订了两份报纸，早上开门，厚厚两本，信箱也塞不进去。你看，一天就发生这么多事情，咱的一世人加起来，也没有那两本报纸厚。现在的人光是看报纸，就浪费了多少时间，生命哪会得到清闲呢？”

“复杂也没什么不好，表示现在的生活富裕了啊！”一个老人说。

阿伯仔讲：“复杂有什么好？复杂的人就没有单纯的心情，生活便不会踏实和朴实了。一日到晚就像苍蝇找糖膏，飞过来又飞过去，不知道无闲是为了什么……”

讲到这里，一个老人站起来为大家斟茶，阿伯仔突然大有所悟地说：“对了，就像一个茶壶一个杯，这就是单纯的心情。我们如果只有一个茶壶一个杯，才不会计较喝的是什么茶。一斤一百元的茶叶，饮起来也真有滋味。假使一个茶壶几个杯子也很好，因为大家喝的都是同样的茶，没什么计较。现代人的生活就是好几个茶壶，倒在几十个茶杯，这就复杂了。大家总会想，别人的茶壶里不知道是什么茶，想喝一口看看，喝不到就用抢的。喝好茶的人也同样，想喝另外的那壶。久了以后，即使是坐在一起喝茶的人，心里也充满了怨恨和嫉妒，很少人得到平安。”

这一段话说得好极了。老人们都沉默地喝着眼前的这一壶由老人会提供的廉价茶叶，觉得滋味甚是美好。

阿伯仔意犹未尽地说：“就像我们现在看黄昏的夕阳。一个夕阳，古代人看起来和现代人看来是一样的。站在平地和站在山顶上看，夕阳也都是同样的美。但是如果心情复杂，站在这山看那山高，夕阳永远没有最美的时刻。”

众人一听，都同时望向夕阳的方向，原来日头已西斜。经老人一说，今天的夕阳看来真是特别的美艳，余晖遍照大地。

“有一天，我的孙子问我：‘阿公，你吃这么老了，世上什么东西最好吃？’我说：‘饿最好吃。’他又问我：‘阿公，什么是最好的心情？’我说：‘单纯最好。’他又说：‘阿公，幸福是什么？’我说：‘平安是福。’”

聊到这里，该是“阿公回家吃晚饭”的时候了，大家欢喜地站起来各自走路回家，相约明天再来开讲。我踩着夕阳流金一样的草地回家，想到老人说的“饿最好吃”，感到肚子真的有点饿了，妈妈煮的菜的芳香竟飘到体育场两公里外的路上来了。

住在乡下的日子，真的感觉到单纯的心情是最美的心情。在城市生活的日子，我们每天总是在追求一些目标，生命的过程往往就在无意间流失，加上我们的追求愈来愈复杂，使人人就像苍蝇一样飞来飞去。

我想到幼年住在外祖母家里，每次和表兄弟相约吃完饭后出去玩，我们总是无心吃饭，胡乱扒一扒就要溜出去，外祖母就会拿拐杖敲我们的头，说："你呷那么紧（你吃那么快），要去赴死吗？"然后她说："你不慢慢吃，怎么知道我们台湾的米多么好吃？"

有一次我看到报纸上广告一种名牌跑车，广告词说："加速到一百公里，只要九秒钟。"就思及外祖母的话，"你呷那么紧，要去赴死吗？"台湾俗语里说"呷紧弄破碗"，确实含有人生的至理。

一个复杂的社会勾起了人更复杂的欲望，复杂的欲望则是搅乱了单纯的心，使我们不知道能坐下来谈天说地是生命的一种至美，使我们不知道踩着夕阳在小路上回家是生活中必要的历程，使我们忽略掉吃妈妈煮的稀饭配酱瓜是比大饭店的山珍海味更值得珍惜的。

我想到有一回看一位老人从脚上拔一根脚毛放在桌上，义正词严地说："我们不能轻视自己的一根脚毛。"

众人愕然。

他说："这根脚毛存在的条件，说来是很深奥的，先要有脚、有头、有活着的身体。然后要从小吃饭、穿衣服、父母照顾，才能长出一根脚毛。然后，脚毛存在是因为我们存在。我们则有父母、无数的祖先。而且，祖先要个个穿衣、吃饭。米饭长大则要有地球的生机、太阳的培育与月亮的生息。你看，这小小的一根脚毛不是单独存在的呀！我们如果不能珍惜、赞叹、疼爱自己的一根脚毛，那就有负于天下了。"

看看，在有智慧的老人眼中，一根脚毛就有了无限的天地，生命的历程就更不用说了。现代人不能维护单纯的心，是往往误以为复杂地飞来飞去能追求更好的生活。殊不知，再复杂的事物也比不过一根脚毛啊！一切多变的云霞与彩虹，拨开了，背景就是湛蓝的天空。不知道单纯之好的人，就是从未看见天空的人。

好好地饮眼前的这杯茶吧！细细地品味当下的这碗饭吧！生命没有第二个此刻了。让我们承担这个此刻，进入这个此刻。因为，饿最好吃，单纯最好，平安是福。

走向生命的大美

王国维在《人间词话》里，曾经说到古今成大事业大学问的人必须经过三种境界：

第一种境界是“昨夜西风凋碧树，独上高楼，望尽天涯路”。意思是说有感性的胸怀，见到西风里凋零的碧树心有所感，在内心里有理想的抱负与未来的追寻，虽有孤独与苍茫之感，但有远见，对生命有辽阔的视野。

（这句出自宋朝晏殊的《蝶恋花》，原词是：“槛菊愁烟兰泣露，罗幕轻寒，燕子双飞去。明月不谙离恨苦，斜光到晓穿朱户。昨夜西风凋碧树，独上高楼，望尽天涯路。欲寄彩笺兼尺素，山长水阔知何处？”）

第二种境界是“衣带渐宽终不悔，为伊消得人憔悴”。意思是说不只要有追寻理想的热情与勇气，还要有坚持、有执着，去实践自己所信奉的真理，即使人变瘦了、衣带变宽了，也能百折不悔。

（这句出自宋朝诗人柳永的《凤栖梧》，原词是：“伫倚危楼风细细，望极春愁，黯黯生天际。草色烟光残照里，无言谁会凭阑意？拟把疏狂图一醉，对酒当歌，强乐还无味。衣带渐宽终不悔，为伊消得人憔悴。”）

第三种境界是“众里寻他千百度，蓦然回首，那人却在灯火阑珊处”。意思是经过非常长久的努力追寻，饱受人生的沧桑，到后来猛然回首，那要追寻的却在自己走过的道路上，灯火阑珊的地方。

（这句出自宋朝词人辛弃疾的《青玉案》，原词是：“东风夜放花千树，更吹落，星如雨。宝马雕车香满路，凤箫声动，玉壶光转，一夜鱼龙舞。蛾儿雪柳黄金缕，笑语盈盈暗香去。众里寻他千百度，蓦然回首，那人却在灯火阑珊处。”）

从前读《人间词话》读到人生的三种境界时，虽有感触，但不深刻，到最近几年，这三重境界之说时常在心中浮现，格外感受到王国维对生命的智见，他论的虽然是诗词、是事功、是人格，讲的实际上是人从凡夫之见超越的历程，到最后那种“众里寻他千百度，蓦然回首，那人却在灯火阑珊处”，简直是开悟的心境了，使我想起一首禅诗“终日寻春不见春，芒鞋踏破岭头云，归来偶把梅花嗅，春在枝头已十分”，也不禁想到菩萨在人间留下一丝有情那样的心境。

一个人要“众里寻他千百度”，必然要经验人生的许多历程，而要“蓦然回首”则需要一种明觉，至于站在灯火阑珊处的那人，不是别人，而是一个原点，是那个“独上高楼，望尽天涯路”的自我呀!

诗人虽然出自情感与灵感来表达自我，但其中有一种明觉，或者与禅师不同，我相信那明觉之中有如同镜子一样澄明的开悟的心——这种历程，在某些作品里是历历可见的。

宋朝词人蒋捷曾有一首《虞美人》，很能看出这种提升的历程。

少年听雨歌楼上，红烛昏罗帐；
壮年听雨客舟中，江阔云低，断雁叫西风；
而今听雨僧庐下，鬓已星星也；
悲欢离合总无情，一任阶前，点滴到天明。

在僧庐下听雨的白发诗人，体会到人世悲欢离合的无情就像阶前的雨一样错落无常，心境上是有一种悟境的，与禅心不同的是，禅心以智为灯心，诗人则以美作为点燃，这是为什么我们读到李贺“天若有情天亦老”之句，要为之低回不已了。或者读到龚自珍的“落红不是无情物，化作春泥更护花”要为之三叹了。

一个好的开悟的境界，或者崇高的人格与事功，都不是无情的，它是一种经过净化的有情的心，这种经过净化的有情，我们可以称之为“觉有情”，有如道绰大师说的，就像天鹅在水中悠游，沾水而羽毛不湿。

好的文学、优美的诗歌，无不是在“有情中有觉”，创作者既提升了自我的情感经验，也借以转化，溶解成人人都能提升的情感经验，来唤醒大众内在的感觉的呼声。这是为什么，历来伟大的禅师在开悟之际都会写下诗歌，而开悟之后，有许多禅师也往往以诗歌示教，在显教最有名的是六祖慧能，传说他不识字，但读他的作品《六祖坛经》竟有如诗偈一样。在密宗最著名的是密勒日巴，传说他留传的诗歌竟有数万首之多。

寒山、拾得不也是这样吗？他们是山野里的隐士，却也忍不住把自己的心境写在山间石壁，幸好有人抄录才不致失传，但是，我也不禁想到，以寒山、拾得的诗才，写诗的那种劲道，一定有更多的诗隐于石上、壁上，与草木同朽，后人无缘得见了。

为什么悟道者爱写诗呢？原因何在？我想在最根本处是，禅学或佛教是一种美，在人生中提升美的体验，使一个人智慧有美、慈悲有美、生活有美，语默动静无一不美，那才是走向佛道之路。

失去了美，佛道对人生还有什么价值呢？

唯有心性的绝美，才使人能洗涤贪嗔痴慢疑五毒；也唯有绝美的心，才能面对、提升、跨越人生深切的痛苦。

因此，道是美，而走向道的心情是一种诗情，诗情与道情转折的驿站则是“觉”。

菩萨所以叫“觉有情”，是因为菩萨从来没有失去感性的怀抱，与凡夫不同的是，他在有情中不失觉悟的心。

菩萨所以个个心性皆美，长相也无不庄严到达极致，则是启示了我们，美是无比重要的，最深刻的美则是来自有情的锤炼。

即使是佛，十方诸佛都是“相好庄严”，经典里说到佛之美，有“三十二相，八十种好”之说，因此，佛的相、佛的心，都是绝美。

了解到佛道的追求是生命完美的追求，我模仿王国维之说，凡是古今走向“觉有情”之道者，也必经三种境界：

第一种境界是“笑渐不闻声渐悄，多情却被无情恼”。（语出苏东坡《蝶恋花》）

第二种境界是“我见青山多妩媚，料青山见我应如是，情与貌，略相似”。（语出辛弃疾《贺新郎》）

第三种境界是“千锤万凿出深山，烈火焚烧若等闲；粉骨碎身浑不怕，要留清白在人间”。（语出于谦《咏石灰》）

真正觉有情的菩萨，全是多情的种子，他们在无情的业障人世之中，因烦恼生起菩提之心。然后体会到一切有情都会被无情所恼，思有以解脱，心性与眼界大开，看到世间的美与苦难是并存的，正如青山与我并无分别。最后宁可再跃入有情的洪炉，不畏任何障碍，为了留一点清白在人间。

一个人格境界的确立正是如此，是在有情中打滚、提炼，终至永保明觉，观照世间，那时才知道什么叫作“蓦然回首”了。

唯有清明的心，才体验到什么是真实的美。

唯有不断地觉悟，才使体验到的美更深刻、广大、雄浑。

也唯有无上正觉的人，才能迈向生命的大美、至美、完美与绝美呀！

小品

知　识

知识就像手电筒，它只是人走黑路时用来照亮脚前的工具，它方便实用，却没有远识和洞见心灵的特质。

许多在黑暗中得到手电筒的人，往往高估它的价值，他们挥着它乱照乱舞，忘记照自己的脚下，结果常常导致坠崖的悲剧。

有知识是不够的，看看现代许多受苦的知识分子就知道了。解除知识的束缚，比学习知识要难得多。

求 好

有好多人喜欢讲生活品质，他们认为花的钱多、花得起钱就是生活品质了。

于是，有愈来愈多的人，在吃饭时一掷万金，在买衣时一掷万金，拼命地挥霍金钱，当我们问他为什么要如此，他的答案是理直气壮的——“为了追求生活品质！为了讲究生活品质!”

生活？品质？

这两样东西到底意味着什么呢？

如果说有钱能满足许多的物质条件就叫生活品质，是不是所有的富人都有生活品质，而穷人就没有生活品质呢？

如果说受教育就会有生活品质，是不是所有的大学生都有生活品质，没受教育的人就没有生活品质呢？

如果说都市才有生活品质，是不是乡下人就没有生活品质呢？是不是所有的都市人都有生活品质呢？

答案都是否定的，可见生活品质乃不是某一阶层、某一地区，或甚至某一时代的专利。古人也可以有生活品质，穷人、乡下人、工匠、农夫都可以有生活品质。因为，生活品质是一种求好的精神，是在一个有限的条件下寻求该条件最好的风格与方式，这才是生活品质。

工匠把一张桌子椅子做到最完美而无懈可击的地步，是生活品质。

农夫把稻田中的稻子种成最好的收成，是生活品质。

穷人买一个馒头果腹，知道同样的五块钱在何处可以买到最好品质的馒头，是生活品质。

家庭主妇买一块豆腐，花最便宜的钱买到最好吃的豆腐，是生活品质。

整个社会都能摒弃那不良的东西，寻求最好的可能，这个社会就会有生活品质了。因此，我们对生活品质最大的忧虑，乃不是小部分人的品位不良，而是大部分人失去求好的精神了。

在一个失去求好精神的社会里，往往使人误以为摆阔、奢靡、浪费就是生活品质，逐渐失去了生活品质的实相。进而使人失去对生活品质的判断力，只好追逐名牌，用有名的香水、服装、皮鞋，以至名建筑师盖的房子，来肯定自我的生活品质，这是现代社会名牌泛滥的原因。

有钱人从头到脚，从房子到汽车，从音响到电视用的都是名牌，那些名牌多得让人忘记了自己的名字。

一般人欣羡之余，心生卑屈，以为那是生活品质，于是想尽方法不择手段去追求“生活品质”，甚至弄到心力交瘁、含恨而死。君不见被警察抓到的大流氓乃至小妓女，戴劳力士，开进口车，全身都是名牌吗？

真正的生活品质，是回到自我，清楚衡量自己的能力与条件，在这有限的条件下追求最好的事物与生活。再进一步，生活品质是因长久培养了求好的精神，因而有自信、有丰富的心胸世界；在外，有敏感直觉找到生活中最好的东西；在内，则能居陋巷而依然能创造愉悦多元的心灵空间。

生活品质就是如此简单：它不是从与别人比较中来的，而是自己人格与风格求好精神的表现。

宝　贝

有一位中医师告诉我，有三样现代人正在失去的宝贝。

是什么呢？

“就是流汗、放屁、打喷嚏！”

这算什么宝贝呢？

他说：“你不要小看这三样东西，一个人如果会流汗，他就不会得到风湿症；如果会放屁，肠胃内脏都不容易有毛病；如果打喷嚏，就能敏感到季节的变化，感冒寒热等症就不会侵袭他了。”

原来流汗、放屁、打喷嚏这么有用，但是，现代人不是和古代人一样吗？为什么就正在失去呢？

“现代人夏天有冷气，在家里睡觉有冷气，出门坐车有冷气，办公室有冷气，甚至吃饭、运动有冷气，有冷气就不会出汗，所有坏东西都积在里面，时间一久，什么毛病都来了。现代人吃的食物太精致，大鱼大肉吃得太多，蔬菜纤维吃得太少，长期吃下来，连屁都不会放了，不放屁，肠胃脾都会坏掉。至于打喷嚏嘛，现代人夏天吹的冷气太冷，冬天穿得太暖，时间一久，失去了对环境感受的能力，连喷嚏也不会打了，所以节气一变，感冒生病的人总是成千上万。”

这位中医的话真是蛮有道理，他还告诉我，中国医学的传统很注意这三样宝贝，像感冒的人蒙被睡觉出一头大汗，确有奇效；像受了寒，熬一碗姜汤，放几个屁，什么胃寒体寒马上痊愈；像一打喷嚏要立即关窗加衣的传统常识……

“其实，道理说来非常简单，一个人能随时把体内的坏东西排掉，保持在良好的状态下，身体当然就没有毛病了。所以，连拉肚子、呕吐，有时都不是坏事呢！”

中医的话很值得现代人深思，对应放屁、流汗、打喷嚏，在心理上也有三样东西，就是贪心、嗔恨、愚痴，贪心会使我们成为不自在的人，一个人如果不满足、不快乐、不自在，身体再健康，活得也不痛快。

贪、嗔、痴与汗、屁、嚏是一样的东西，所以放掉贪心，流失嗔恨，打掉愚痴，是我们心灵上的三样宝贝。

要做一个身心完全健康的人并不太难，第一步，就是把身体和心里的坏东西、坏念头通通流、放、打到体外，先回到一个纯净的自我，这时，追求健康并不是很困难的。

在佛教的《医经》里，佛陀曾说：

人得病有十因缘。一者，久坐不饭；二者，食无贷；三者，忧愁；四者，疲极；五者，淫泆；六者，嗔恚；七者，忍大便；八者，忍小便；九者，制上风；十者，制下风。从是十因缘生病。

食无贷就是吃得太饱，制上风就是不打嗝、打喷嚏，制下风就是不放屁。

病的十因缘里说的无非是把坏的事物排出舒解，维持生理与心理的清净，才是健康的根本。可惜现代人不论好坏都往自己身体内塞，好的不肯给人，恶的不肯排放，身心的健康才逐渐成为一种难以企及的渴求呀！

老实镜

“魔镜！魔镜！告诉我，谁是世界上最美丽的人？”

“皇后，你是世界上最美丽的人。”镜子回答了皇后。

皇后非常高兴地顾盼自己的姿容，感到十分满意。她很爱照镜子，因为这一面会说话的镜子总是告诉她，她是天下第一美人。

有一天清晨，皇后又走到镜子前面问道：“魔镜！魔镜！谁是世界上最美丽的女人？”

“皇后！你虽然非常美丽，但这世界上有一个人比你更美丽，她就是公主。”

原来，前任皇后所生肌肤如白雪的公主已经长到十岁了，她的美有如光耀的明月，远远超过她的后母。

皇后听了就像被嫉妒的烈火焚烧，一点也不能面对这样的事实——不能容忍世界上有人比她更美——可惜的是，她无法使自己变得更美，只好下决心除掉白雪公主。她吩咐卫士把白雪公主在森林杀害，割下公主的舌头和心来交给她。

卫士看到白雪公主的善良与美丽不忍下手，就刺杀了一头小鹿，把鹿的舌头和心带回来复命。皇后把舌头和心切片吃掉了，一边吃一边得意地想："我是这世界上最美丽的人了！"

这是童话《白雪公主》的开头，后来，皇后的计谋没有得逞，她永远没有成为世上最美的人，而白雪公主却由于皇后的嗔怒度过了一个惊险的旅程。这是一个多么动人的启示，一是真正的美丽总是与善良结合的，因为美丽是从心而起。一是真实地面对自我是多么难呀！

我想，在这个世界上，大多数人照镜子的时候，通常会承认世界上有比我们更美丽的人，像皇后如此丧心病狂的人到底是少数。但是知悉世界上有比我们美丽、优秀、聪明、杰出、幸福、有智慧的人，大部分人的反应还是可以分成两个大类，一是恶意的轻蔑，二是善意的赞赏。

喜欢恶意轻蔑别人的，如果告诉他某人长得非常美丽，他的反应总是："可惜脑筋太笨了，而且我就是不喜欢那种又挺又直的鼻子。"如果告诉他某人很有学问，他的反应又是："当然了，长那么丑，比别人更有时间做学问，所以学问好。"他难得有看上眼的人，即使告诉他某一棵树长得很好，他也会说："好是好，可惜叶子太茂盛了，我喜欢枯瘦一点的树。"

为什么会恶意轻蔑别人呢？其实他一点也不比别人出色，原因就在于他照镜子时只看见自己，希望世界上没有人比他出色，他虽没有皇后那样阴狠，却继承了皇后的血统。

喜欢善意赞赏别人的就不同了，他看见别人的美丽总能欣赏，看到别人成功则用力鼓掌，他时时以欢喜的心来面对世界。那是因为照镜子的时候，他有一个广大的心胸，知道世界的美丽就如同自己的美丽一样，因此能以美丽的心生活，他认识自己的缺点并且更能欣赏别人的优点。

这世界上没有会说话的镜子，《白雪公主》故事中的那面魔镜，其实就是心镜的象征，我们自心的镜子也可以说是“老实镜”。那些常常恶意轻蔑别人，不肯承认别人的优点的人，并非真不知道自己的缺失，只是照镜子的时候不肯老实承认罢了。

可叹的是，在我们轻蔑别人时，不但不能提高自己的身价，反而污染了自己的心性（面对自我的镜子不老实）。反之，当我们赞赏别人时，自己的身价也不会贬低，又洗清了自己的心性（认识本来面目）。

为什么我们不选择做一个常常欣赏别人的人呢？

我们对外在事物的一切反应都与我们的心性相映，心性光明温和的人，他所见到的世界与心性阴暗偏激的人见到的世界完全不同，因此，只有开启光明的内在，才能使我们有喜悦的生活。

在生活里更重要的不是问自己有多美丽，而是要问：“我的镜子老不老实？”“我能不能面对老实的镜子呢？”寒山子有一首诗我很喜欢："吾心似秋月，碧潭清皎洁；无物堪比伦，教我如何说？"如果一个人有清澈如秋月的心，这世界上有什么可以相比呢？而要有"秋月之心"，只有从老实照镜开始。

有一次，大珠禅师的弟子问他："什么是正？"他说："心逐物为邪，物从心为正。"是的，照镜子的时候老想与别人较量，追逐外境，就会走向偏邪的道路，如果一切回归自己，使万物成为心的映照，自我不为所动，这才是智慧正确的方向。

假若能有一面清明的镜子，我们就会发现世界多么美丽而值得欣赏，每一个人都有美的质地，每一朵花都有优雅的风姿，每一棵树都有卓然的性格……

拥有了清明的镜子，如果有一天我们像皇后一样问："谁是世界上最美丽的人？"

镜子说："这世界上有很多比你美丽的人。"

这时我们会高兴地说："多么好呀！幸好这世界有很多美丽的人，否则这是多么乏味的世界！"

就像伟大的禅师傅大士说的："清净心智，如世万金；般若法藏，并在身心。"一个人有清净的心智真是胜过世上的万两黄金呀！

最真的梦

这个世界最真实、最深刻的梦想，就是人对于“我”的执着。

每天早晨清醒的时候，“我”就开始发挥作用了，我要吃东西、我要工作、我要上厕所。接着，我的势力范围就划定了，这车子、这房子是我的，这工作、这部属是我的，到处都是我的东西。

即使是独自一人，也很难让我们抛开“我”，行为、言语、思想到处都是我的色彩，我思故我在、我言故我在、我行动故我在，透过这些我才是真实存在着的。

到了晚上睡觉，则是“我累了，我需要休息”，夜里不能控制地做了我的梦，醒来发现一切都是虚妄的。

因为有“我”，活着就有很多的烦恼，要为自己的肚皮、享乐、需要服务，四处奔波，但是，“我”永远没有满足的时候。

因为有“我”，死亡之际有许多恐惧，一方面担心“我”

会永远消失，另一方面则舍不下花许多力气所积聚的事物。

因为有“我”，得之则喜，失之则忧。

我执，是一切贪心、嗔恨、愚痴的根源。

很少很少人会思考“我”的问题，例如我是真实的吗，我的哪一部分最真实？例如我在宇宙时空中到底占什么样的位置？例如我何所从来，何所从去？

当然，“我”不可能是假的，因为我是如此真实，受伤了会痛，工作了会累，肚子饿了会难受。会哭、会笑、会欢喜、会生气。

可是，“我”也不是那么真实，我会长大、会老化，似乎没有一刻是相同与恒常的。我也时常在工作、娱乐、睡眠时沦入忘我的状态，根本忘记了我的存在。而且我知道，如果把我的皮肉、骨髓、呼吸、水分还给这个世界，我的色身失去，我的执着就不真实了。

我不会永远活在这个世界，因为人的寿命有限，我也不能例外。可是似乎我的色身离开这个世界，我也不是完全归于空无。

那么，“我是因何而生？我是因何而灭？生灭之后是否还有生灭？”是每一个有智慧的人都会问的问题，依照佛教的说法，人是从因缘而生的，在某一个时空中，由色、受、想、行、识的习气，汇聚了眼、耳、鼻、舌、身、意，假合了地水火风空就形成了我的人身，等到因缘尽了，四大毁坏，一切都归于空无，只留下在种子里的识，等待下一个因缘的会合，如此不断地成住坏空、生住异灭、生老病死，就是轮回。这也是佛教说“无始”的原因，因缘的轮转会合，并没有一个开端。

因而可以这样说：在因缘的本质里，“我”是一个假合，可是在感觉的表相上，我是真实的。

再进一步，我们可以认识到：那时刻在变灭的眼、耳、鼻、舌、身、意，并不是真正的我，从小到大我的眼、耳、鼻、舌、身、意不知道已改变多少，可是我还是我。因此，把这些东西粉碎解散后，一定还有一个“我”在。

不只“我”是因缘所生，连一朵玫瑰花也都是的，玫瑰花若不叫玫瑰花，它也长同一个样子，也一样的香。但是在玫瑰花谢了后，我们不能说没有玫瑰，只能说玫瑰是因缘的假合。此所以玫瑰年年开，劈开玫瑰树却是一无所见。

众生不能明白“我”是假合，因此产生很多“我”的毛病、“我”的问题，例如：

我执：由于对我执着的习气长久熏气，因此对世界起差别心，这种“我执”的种子，是后世得到各种不同果报的原因。

我见：执着“我是实有”的妄想见解，使我们惑业缠身，不得解脱。

我爱：深生爱着于一己的妄执自我，是人生的根本烦恼，因为我爱，所以我贪，由于贪则深生耽着，无法超越。

我痴：一切疑惑障碍都以愚痴为前导，因此我痴是一切无明烦恼之首。“我痴”就是愚于我相或迷于无我之理的人。

我相：虽然实相的“我”是没有实体的，可是凡夫总是误认实有而执着，这种执着产生了爱我轻人的妄情，甚至发现出我的相状。

我妄想：执着于我的虚妄颠倒之心，来分别诸法之相，产生了谬误的分别，不能如实知见事物。以情生著，则成系缚；若离妄想，则无系缚。

这是多么可悲，凡夫不知道迷界的真实相，而在世间的无常里执常，在诸苦中执乐，在无我上执我，在不净处执净。颠倒妄想就是这样而生的，一个人唯有破了我见、我执、我爱、我相，才会有真实的般若，所以《金刚经》里才说：

> 无我相、无人相、无众生相、无寿者相、无法相，亦无非法目。
>
> 如来说我者，即非是我，是名为我。

在梦中有梦，在身外有身，我们知道夜里睡眠时的梦是不真实的，那是因为我们有醒来的时刻，若不醒来，梦则似真。我们不能体验“我”是一个梦，可能是所有梦中最真的梦，那也是因为我们没有醒来的时刻，一旦醒来，我只是一场梦！

所以，人要有醒来的志愿，有醒来的勇气与决心，才不会永远在梦里沉沦而不自知呀！

关于颜色

在报纸杂志上，我们时常会看到关于颜色的研究，譬如喜欢穿什么颜色的衣服、用什么颜色的餐具，乃至开什么颜色的汽车，都可以追索到我们的性格与个性。

很多的心理学家、社会学家、人类学家花许多时间来研究、分析，以便让大家按图索骥，来回看自己的性格。

几天前，我看到了一个社会学教授从人使用的汽车颜色来推定人的个性，结论大致是这样的：

红色——最善于处理危机或压力，因你充满活力，人们都乐于与你为伍。

黑色——你绝不会被生活困境打倒，因为自信和勇气是你的两大特质。

白色——你务实而真诚，面对压力仍能泰然处之，永远对未来抱乐观的态度。

黄色——你个性温馨开放，乐于助人，精神永远保持在活泼的状态。

蓝色——你天生乐于助人，为朋友不惜两肋插刀。

绿色——你富于想象力和创造力，开放，且能容纳别人的意见。

银色或金灰色——你是天生的领袖，为自己设定极高的价值观。

金色、棕色、铜色——你热爱美好事物，对所用的物品只要经济能力许可，一定使用上品。

混合色——你能兼顾事物的正反两面，当人们有争论时，常常征询你的意见。

我每次读到这样的“研究报告”，都忍不住失笑，因为不管我们选用的是什么颜色的车子，都会觉得这个研究有理，因为人都喜欢被赞美，那些心理学家与社会学家至少很了解这一点，所以不管你喜爱什么颜色，你都是没有缺点的。

其次，使我失笑的原因是，现代人都太忙碌了，他们不希望多费脑筋，而是渴望一些简单的答案，学者们用许多时间、精神做复杂的研究，却提供简单的答案，但大家忘记了，这些答案根本就明白地摆在眼前，不需要绕着迷宫来寻找。

最后，我们也看见了，颜色与颜色之间虽是那么不同，但是它通向的结论是很接近的。这使我们思考到更重要的问题，人可以同时喜欢各种不同的颜色，或者说人的身心里本来就有很多的颜色。

依照佛教的说法，这个宇宙有多少颜色，在我们的身心里就有多少颜色，而我们所选择的颜色则是我们性格的一部分展现。《心经》里说：“色即是空、空即是色、色不异空、空不异色。”就是这个道理，此处的“空”不是“虚无”，而是身心的“空性”，“色”自然也不只是颜色，而是一切形相的显现。

我们自知自己喜欢的颜色，甚至分析出这些颜色与性格的关联，一点也不重要。重要的是找到颜色的执着，去突破它，找到与“形色”相应的那个“空性”，使我们有一种清明的对应。

我们能生长在一个颜色缤纷的环境是值得感恩的，因为许多人没有这样的因缘；我们张开眼睛就能分辨颜色是值得感恩的，因为许多人没有这样的机会。

所以，我们不要只去找外面的形色，也要张开内在的眼睛，看清自己；我们也不只要张开眼睛观察世间的真相，更要在闭着眼睛时，能探索宇宙的一切智慧。

不管我喜欢什么颜色，让我富于想象与创造力，热爱美好事物，为自己设定极高的价值观。

让我充满活力、乐于助人、务实而真诚、自信而有勇气，永远抱着乐观的态度。

让我温馨开放，能容纳别人的意见，面对压力时泰然处之，能兼顾事物正反两面的思考。

让我热爱这个世界，关怀这世界的每一众生！

让我充满感恩，努力向上，使一切众生一切世界都成为上品！

秋月难得

春花难得
夏日难得
秋月难得
冬雪难得
生命中的一切是如此难得呀

应邀到一个青少年夏令营去演讲，到了才知道比我预设的年龄小得多，全都是初中一二年级的小孩子，甚至也有小学高年级的。

演讲一开始的时候几乎难以进行，因为他们一分钟也安静不下来，场面快要失控的时候，窗外突然下起大雨，一个女学生站起来说："老师，可不可以去收衣服，再来上课？"

"当然可以了，给你们十分钟的时间去收衣服。"我说。

哗—— 一哄而散，十几分钟后陆陆续续回来了，我站在窗口看他们青春奔跑的背影，心里有一丝苦恼，想着要如何进行接下来的一个半小时演讲。

等他们坐定，教室里仿佛还有十几群麻雀在那里叽叽喳喳，这种情景，使我打心里佩服起在初中任课的教师。

我问坐在我正前方一个看起来很灵慧的女生：“你们到底对什么最有兴趣呢？”

“自杀！”女生大声说，脸上有一种嘲弄的表情。

一百多位学生突然都安静了，然后同时高声叫着：“是呀！自杀！自杀！”

“那么，就让我们来谈自杀吧！”我的回答使学生都呆住了。我说：“有谁看过人自杀的请举手！”全班鸦雀无声，我缓缓地举起自己的手，对学生说，“从前在跑社会新闻的五年中，我看过许多人自杀，什么方式都看过。”

接着我说：“你们觉得自杀最好的方法是什么呢？”

“跳楼！”一个学生说。

“跳楼死的人，如果头先着地，就会脑浆流出来；如果脚先着地，就会两腿折断，甚至因为震荡的关系，眼睛会跳出来。”我说。

“喝硫酸！”

“喝硫酸死的人，从舌头、口腔、喉管，一直到肠胃全部烧烂。万一没有死，一辈子可能都要由肚子以导管吃饭。”

“跳水，老师，跳水最好了！”

“跳水死的人肛门会张开，肚子肿胀，看到亲人的时候会七孔流血，可见是死得很痛苦的。”

“都是傻瓜，当然是吃安眠药最好了。”

“吃安眠药最不容易死，万一死了，从服药到死亡可能要痛苦几十小时，如果被救活了，也可能要变成植物人！”

哗！大家七嘴八舌，终于得出一个最简单的结论：到目前为止，还没有一种很好的自杀方法，自杀比活着还难。

“那么，最值得让人自杀的原因呢？”我问。

“殉情！”

“功课不好！”

“事业失败！”

“父母不和！”

大家吵闹不休，我说：“我们用投票来决定哪一种原因最值得自杀吧！”

结果，不出所料，认为爱情是最值得自杀原因的占百分之八十，女生更是百分之百。

我说：“这个世界上据说有百分之九十九点九以上不是初恋就结婚的，也可以说绝大部分人失恋以后都还活着，有很多还活得不错，可见失恋而不自杀也可以活得很好呀！”

当我做了这样的结论，下课钟响了，小孩子兴高采烈地冲出去，外面还下着雷雨，听着雷声，我觉得偶尔的狂风暴雨也是难得的！

看着孩子的背影，我深心里有这样的祝愿：但愿这一批孩子在长大的过程里，可以更体验到生命的难得。也使我想起佛经里“一失人身，万劫不复”的话来。

买一斤山水

坐在荷兰阿姆斯特丹公园里贩卖咖啡的露天铁椅上，因为是清晨，空气里围绕着一层淡薄的凉意。晓雾尚未散去，正在喷水池的周边流动着，滚热的刚端上桌的咖啡，蒸腾的烟与流过来的雾混成一气，向植满玫瑰的花圃那边流去。

环顾四周，繁花的颜色突然一下子细语起来，各种花的本色在流动的雾和斜照的曦光中，柔软清晰得近乎透明。几只有着斑灿羽毛的公鸡正在花圃四围的浅草上踱着方步，昂着首，走过来，走过去，偶尔俯下身来看着草地，寻找着食物。

视线如果从喷水池四散的水雾看过去，就能见到远方起伏不定的山峦，因为有了水，山显得又温柔又明净。然后调整视距，能清楚地见到花园里盛开的色泽，其实，园子里的花都是很平常的，玫瑰、蔷薇、海棠之属，却不知道为什么这一刻显得这样美丽，是因为人在异国吗？还是荷兰人真的会种花？我这样想着。

循着思绪，我慢慢找着贴切的答案，以台湾的风土，以台湾花的种植技术，我相信如果提供一个同样的花园，我们也能种出和荷兰一样好的花，说不定还能更好。但是，我们为什么没有这么美的花园呢？

在荷兰、瑞士这两个国家，我对风景有一种特别的感怀，因为荷兰、瑞士比起埃及、希腊、意大利、法国，不像它们有那么深沉的文化和艺术，我们千里迢迢来此，想要看的只是山水而已，虽然荷兰也有伦伯朗，也有凡·高，却不像山水那样深深令人动容，因为伦伯朗和凡·高的作品大部分外流了，不像它的风景不动如山，不可更移。

坐在阿姆斯特公园，我对妻子说：“我们到这里，为的是买一斤山水罢了。”

山水固然是无价的，但是我们计算起来，要看异国没有污染的山水，必须坐飞机横越大洋，要投宿在不知名的旅店，还要吃饭、坐车，算起来，如果我们目见的美景能以斤两计算，那么一斤山水的昂贵实在不亚于一斤黄金，何况山水是带不走的，它永远在那里，在明信片上、在海报上，刺激人的购买欲。欧洲一些没有文化背景的国家，靠着山水的维护，每一年不知道收入多少外汇！

对于清明纯净的山水的向往，多年来使我旅行过不少地方，足迹也遍布台湾全岛，有许多地方甚至多次造访。令人难过的是，当你第二次前往的时候，山水已不是原来的山水。台湾所有的观光区都可以归入山水破坏的一个环节，只要在地图上标有观光区标识的地方，就表示不必徒劳往返，它一定被盖成一些俗不可耐的房子，一定到处都是垃圾，一定这里被挖去一块，那里被削去一角，然后有人拉着你买过期的特产，有人强迫你照相。

我觉得台湾的山水是很贱价的，不要说一斤，即使成吨成吨地搬移，也常无人过问，因为我们管不到山水。

山水是无言的，即使我们在台湾所有的山水都盖水泥厂，山水也不会抗议。但是所有的工业、科技、生产在山水的眼中都是渺小的，因为只有山水给人永恒的启示。我觉得活在工业社会还能有一点趣味，那是因为在遥远的郊区还有一片山水洗涤我们，倘若失去这些，人活着还有什么用处呢？

我们到北部滨海公路，是买一斤山水。

我们去东部沿岸，是买一斤山水。

我们到南部海滨，是买一斤山水。

我们进入环山部落，是买一斤山水。

然后，山水慢慢失去原味，在生活里变质了，于是我们往更远的地方去。

我们到澎湖群岛，去买一斤山水。

我们到兰屿和绿岛，去买一斤山水。

慢慢的，澎湖、兰屿、绿岛居民也学会我们这一套——你不知道兰屿的珠光黄裳凤蝶一只卖八十元，使它几乎在兰屿绝迹吗？——把山水改变、把海岸破坏，我们往哪里去呢？我们只好到更远的地方去。

到处去买山水，已经是现代人生活的一种方式，但最可悲的，是那些无知地贱价地毁了自己山水的人。

我们的山水已经破产了。

或者说，我们的山水一定会破产。

台湾通过都市的河流，已经捞不起一条鱼。

台湾深山林地里，过度的滥垦与捕杀，使原有的山羌、石虎、黑熊、猴子……几乎全部绝迹，只能在动物园里看见。为什么一个在艺术里最讲山水、在哲学里最追求天人合一、在文学诗歌里最歌颂自然的民族，竟会沦落到为了眼前的小利把由南至北、从东到西的山水破坏到完全没有立足的地方呢？

有人认为这是工商业发展的必经之路，但这是禁不起分析的。瑞士的精密工业是世界第一的，为什么他们的山水不会被破坏？荷兰的机械、运输、电子何等发达，为什么他们能维护一整个国家的山水？北欧的瑞典，城市规划何等现代，为什么城市可以与山水并存？即使在植物难以生长的丹麦，他们甚至想尽办法在温室里培养山水。

到了这个时代，也许用工商经贸的发达可以评定一个国家的富裕，但一个国家的品质，则要从他们对待山水的态度来评定。在中东一些产油的国家，生活是富裕的，可是总给人品质不良的印象，那是因为他们根本没有山水，一个没有山没有水的地方，哪里还能谈到生活的情趣呢？

我们山水的沦落与丧失，不在于我们真的没有山水，而在人的贪欲、人的自私。因为所有的物品都可以由私人来用，唯有山与水，是每个人不论贫富都可以享受的，问题是：有许多人连山水都要耗尽，用来追逐自己的欲望——山林的破坏，是为了能多种几棵果树；河水的污染，是为了自己经营的工厂。在山溪河沟毒鱼的人，只管一天能毒到几斤鱼，哪里想过一条河的死亡？

我读书的时候，时常在景美的仙迹岩念书，仙迹岩上有几个传说是吕洞宾的脚印，那个传说是这样的：

吕洞宾在仙界百无聊赖，想要收一位徒弟把毕生的仙术传授给他，他想：我的徒弟应该具备什么样的资格呢？最后他订出一个简单的条件："只要不贪心的少年就好。"

吕洞宾想到这里，摇身一变，变成一个卖汤圆的老头，他在摊子上挂一块招牌："一个铜钱吃一碗，两个铜钱随意吃。"然后坐在路边等待他未来的徒弟。

从清晨到黄昏，所有路过的人都掏出两个铜钱拼命吃汤圆，直到吃撑了才一摇一摆地走了。天黑的时候，来了一位少年，只付一个铜钱吃一碗汤圆就要离开，吕洞宾心想收徒有望，大为高兴，连忙叫住少年："你为什么只吃一碗汤圆就走？你是人间唯一不贪心的人。"少年哭笑不得地说："我身上只有一枚铜钱，否则当然是吃饱了才走。"

吕洞宾长叹一声，一跃而起，双足在仙迹岩上顿了一下，飞天而去，发现人间竟没有不贪心的人。仙迹岩上如今留下的吕洞宾脚印真是意味深长，可惜已经被淡忘了。不要说是汤圆，就是我们的山水日月也在贪念之下完全丧失了。没有一个卖木材的人只砍一棵树，没有一位猎人只打一种猎物，没有一个毒鱼的人只毒一条河，也没有一个建筑师只铲平一座山……

吕洞宾曾有两句诗："一粒粟中藏世界，半升铛内煮山川"，同样的，一条河、一座山的受伤就足以代表了我们对日月山川的看法。

我有一个朋友，许多年来一直在做记录台湾山水的摄影工作，留下很多尚未被毁的山水镜头。他有时开玩笑地说："不要小看了这些景物的照片，一百年后拿出来放映还可以收门票呢！因为到那个时候，台湾的孩子们已经不知道我们曾经有那样的景色了。"

那些照片现在看起来还不算稀奇，有的是春天草原上盛放的鲜花，有的是夏天的群树歌唱、众荷喧哗，有的是秋天的红枫落叶最后的鸣蝉，有的是冬天的雪地中挣脱的一叶新芽，有的只是单纯的阳光明亮地普照……

想到这些举目所见的景物，一百年后可能在我们的土地消失，说不定真要买票才能看到它在照片上重现，心里不免深深地忧伤起来。

山水本是无辜的，过去的山水无价，但当我们必须远离居住的地方才能见到明山净水，山水就变得有价了。一斤山水之价绝对胜过一斤黄金，因为黄金也许不会消失，永远被宝爱的人收藏，然而山水呢？看现在的趋势，总有消失的一天。

那一天的到来，中国历千年的美学、哲学、文学全都失去了意义，纵使把整个历史翻转也无能为力了。

一九八四年四月一日

生命的化妆

我认识一位化妆师，她是真正懂得化妆，而又以化妆闻名的。

这生活在与我完全不同领域的人，使我增添了几分好奇，因为在我的印象里，化妆再有学问，也只是在皮相上用功，实在不是有智慧的人所应追求的。

因此，我忍不住问她："你研究化妆这么多年，到底什么样的人才算会化妆？化妆的最高境界到底是什么？"

对于这样的问题，这位年华已逐渐老去的化妆师露出一个深深的微笑，她说："化妆的最高境界可以用两个字形容，就是'自然'，最高明的化妆术，是经过非常考究的化妆，让人家看起来好像没有化过妆一样，并且这化出来的妆与主人的身份匹配，能自然表现那个人的个性与气质。次级的化妆是把人突显出来，让她醒目，引起众人的注意。拙劣的化妆是一站出来别人就发现她化了很浓的妆，而这层妆是为了掩盖自己的缺点或年龄的。最坏的一种化妆，是化过妆以后扭曲了自己的个性，又失去了五官的谐调，例如小眼睛的人竟化了浓眉，大脸蛋的人竟化了白脸，阔嘴的人竟化了红唇……”

没想到，化妆的最高境界竟是无妆，竟是自然，这可使我刮目相看了。

化妆师看我听得出神，继续说：“这不就像你们写文章一样？拙劣的文章常常是词句的堆砌，扭曲了作者的个性。好一点的文章是光芒四射，吸引了人的视线，但别人知道你是在写文章。最好的文章，是作家自然的流露，他不堆砌，读的时候不觉得是在读文章，而是在读一个生命。”

多么有智慧的人呀！可是，“到底做化妆的人只是在表皮上做功夫呀！”我感叹地说。

“不对的，”化妆师说，“化妆只是最末的一个枝节，它能改变的事实很少。深一层的化妆是改变体质，让一个人改变生活方式、睡眠充足、注意运动与营养，这样她的皮肤改善、精神充足，比化妆有效得多。再深一层的化妆是改变气质，多读书、多欣赏艺术、多思考、对生活乐观、对生命有信心、心地善良、关怀别人、自爱而有尊严，这样的人就是不化妆也丑不到哪里去，脸上的化妆只是化妆最后的一件小事。我用三句简单的话来说明，三流的化妆是脸上的化妆，二流的化妆是精神的化妆，一流的化妆是生命的化妆。”

化妆师接着做了这样的结论：“你们写文章的人不也是化妆师吗？三流的文章是文字的化妆，二流的文章是精神的化妆，一流的文章是生命的化妆。这样，你懂化妆了吗?”

我为了这位女性化妆师的智慧而起立向她致敬，深为我最初对化妆师的观点感到惭愧。

告别了化妆师，回家的路上我走在夜黑的地表，有了这样深刻的体悟：这个世界一切的表相都不是独立自存的，一定有它深刻的内在意义，那么，改变表相最好的方法，不是在表相下功夫，一定要从内在里改革。

可惜，在表相上用功的人往往不明白这个道理。

独乐与独醒

人生的朋友大致可以分成四种类型，一种是在欢乐的时候不会想到我们，只在痛苦无助的时候才来找我们分担。这样的朋友往往也最不能分担别人的痛苦，只愿别人都带给他欢乐。他把痛苦都倾泻给别人，自己却很快地忘掉。

一种是他只在快乐的时候才找朋友，却把痛苦独自埋藏在内心，这样的朋友通常能善解别人的痛苦，当我们丢掉痛苦时，他却接住它。

一种是不管在什么时刻什么心情都需要别人共享，认为独乐乐不如众乐乐，独悲哀不如众悲哀，恋爱时急着向全世界的朋友宣告，失恋的时候也要立即敬告诸亲友，他永远有同行者，但他也很好奇好事，总希望朋友像他一样，把一切最私密的事对他倾诉。

还有一种朋友，他不会特别与人亲近，他有自己独特的生活方式，独自快乐、独自清醒，他胸怀广大、思虑细腻、品位优越，带着一些无法测知的神秘。他们做朋友最大的益处是善于聆听，像大海一样可以容受别人欢乐或苦痛的泻注，但自己不动不摇，由于他知道解决问题的关键，因此对别人的快乐鼓励，对苦痛伸出援手。

用水来做比喻，第一种是“河流型”，他们把一切自己制造的垃圾都流向大海。第二种是“池塘型”，他们善于收藏别人和自己的苦痛。第三种是“波浪型”，他们总是一波一波打上岸来，永远没有静止的时刻。第四种是“大海型”，他们接纳百川，但不失自我。

当然，把朋友做这样的划分不是绝对的，因为朋友有千百种面目，这只是大致的类型罢了。

我们到底要交什么样的朋友？或者说，我们希望自己变成什么样的朋友？

卡莱尔·纪伯伦在《友谊》里有这样的两段话：

你的朋友是来回应你的需要的，他是你的田园，你以爱心播种，以感恩的心收成。他是你的餐桌和壁灯，因为你饥饿时去找他，又为求安宁寻他。

把你最好的给你的朋友，如果他一定要知道你的低潮，也让他知道你的高潮吧。如果只是为了消磨时间才找你的朋友，又有什么意思呢？找他共享生命吧！因为他满足你的需要，而不是填满你的空虚，让友谊的甜蜜中有欢笑和分享的快乐吧！因为心灵在琐事的露珠中，找到了它的清晨而变得清爽。

在农业社会时代，友谊是单纯的，因为其中比较少有利害关系；在少年时代，友谊也是纯粹的，因为多的是心灵与精神的联系，很少有欲望的纠葛。

工业社会的中年人，友谊常成为复杂的纠缠，“朋友”一词也浮滥了，我们很难和一个人在海岸散步，互相倾听心灵；难得和一个人在茶屋里，谈一些纯粹的事物了。朋友成为群体一般，要在啤酒屋里大杯灌酒；在饭店里大口吃肉一起吆喝；甚至在卡拉OK这种黑暗的地方，对唱着浮滥的心声。

从前，我们在有友谊的地方得到心的明净、得到抚慰与关怀、得到智慧与安宁。现在有许多时候，“朋友”反而使我们混浊、冷漠、失落、愚痴与不安。现代人在烦闷压迫匆忙的生活里，已经失落了从前对友谊的注视，大部分现代人都成为“河流型”“池塘型”“波浪型”的格局，要找有大海胸襟的人就很少了。

在现代社会，独乐与独醒就变得十分重要，所谓“独乐”，是一个人独处时也能欢喜，有心灵与生命的充实，就是一下午静静坐着，也能安然；所谓“独醒”，是不为众乐所迷惑，众人都认为应该过的生活方式，往往不一定适合我们，那么，何不独自醒着呢？

只有我们能独乐独醒，我们才能成为大海型的人，在河流冲来的时候、在池塘满水的时候、在波浪推过的时候，我们都能包容，并且不损及自身的清净。纪伯伦如是说：

你和朋友分手时，不要悲伤，

因为你最爱的那些美质，他离开你时，你会觉得更明显，

就好像爬山的人在平地上遥望高山，那山显得更清晰。

耳朵的尊严

一日，偶遇大雨，在信义路拦了一辆计程车。

这是一辆十分特别的计程车，装饰十分豪华，玻璃还用粉红色的窗帘遮住，而在车前车后都装着随音响胡乱流动的彩色灯泡，坐进去俨然置身于舞池之中。

最奇妙的是，小小的车里竟装了四个音箱，前后各二，流出来的音量使窗外狂骤的雨势黯然失声，足以溺死一只老猫。计程车司机正在播放“优美的旋律”，是把正在流行的歌曲抽去歌词只剩下音乐的那种，我觉得可怕的是，旋律全由电子琴演奏，一种甜腻油滑的粗糙无文的声音。

我生平最难以消受的乐器正好是电子琴，总觉得那种发自电子的声音可以把一个人耳朵的保险丝烧断，只要听到电子琴就情不自禁地汗毛直竖。但为了尊重大众文化，加以路程不远，没有立即提出抗议，只是沉默不语。

司机见我不语，以为我正沉醉于那美妙的音乐，得意地说：“怎么样，我的音响不错吧！”我说：“音响是很不错。”

那年轻的司机仿佛受到无比鼓舞，马上将音响开大了三分之一，声如雷鸣，而前后的灯泡受到声音的震撼，犹若闪电。

我终于抵受不住，谦卑地说：“请您把音响关掉好吗？我想清静一下。”司机不但没关掉音响，反过来说：“我开计程车很少遇见像你这样不懂音乐的客人，你知道吗？人生是很单调的，需要美妙的音乐来调剂，听音乐不是一天两天的事，要养成习惯才好，如果一个人不知道音乐的好处，活着就很无味了……”接着他像决了堤的河口，滔滔不绝讲述他对音乐与人生的看法，大概长时间开车的缘故，常使人失去自我控制的能力。

为了怕刺激这个有音乐细胞的司机，我尽量压低声音说：“对不起，我没有听音乐的习惯，觉得太刺耳，能不能请您把它关掉。”没想到司机先生还是生气了，只见他车头一偏停在路边，把后车门打开，生气地说：“你下车吧！这车子是我的，我爱听什么音乐就听什么音乐，不收你的钱了，你下车吧！我不载不听音乐的乘客……”我只好冒着大雨下车，听到车门砰然一声，车子绝尘而去。

我傻傻站在雨中，看着远去的计程车，到很远的地方，还看到他车后五彩的灯泡在急速地跳动旋转。幸好那时离我要去的地方已经不远，我撑着伞，孤独地在雨里步行。经过了刚刚的一场“浩劫”，我觉得黑夜的雨声格外清冽好听，但我不免为现代人耳朵所承受的重负深深忧心起来。我的经验应该不只是个案，我们常常在计程车上被强迫听我们不能消受的“音乐”；有时坐公车，遇到那些“偏好音乐”的公车司机，也是把他自己的音乐放到最大，希望所有的乘客都能和他分享；有时走在人行道上，远处来的汽车边疾驶边按连声喇叭，然后在眼前急速驰过；我们既不能拒绝，也无法抗议，只好自认倒霉。

我住的地方附近有一座寺庙，每到初一十五都有不小的法会。终日经声不断，遇到盛大一点的日子则演野台戏和露天电影，锣鼓喧天，声闻十里，这还是好的，因为它总有休息的日子。寺庙附近是一所私立高中，天天早晨黄昏都是穿过扩音喇叭的雄壮进行曲，常常还有军训课，教官在操场上操兵练胆，杀声不断。最怕是听到学生的合唱，五音不全荒腔走板自不在话下，偏偏声音都是从扩音器里出来。那个学校操场很小，我估量过，大约只有三个篮球场大，可是他们的声音足以给三百个篮球场听还有余。我曾到学校交涉，但学校爱莫能助，因为“考期将近，大声音可以振奋学生的士气。”

学校附近有一座大楼，楼中的某一间公寓几个月前开了一家歌唱训练班，每日十几个小时，总有几十个不同的男女生在那里引吭练歌，俗滥的歌声、残破的伴唱机永远在四周回荡不已。从他们的歌声里听得出焦急悲切的明星美梦，有时练唱到深夜，明星梦未圆，而人的清梦则完全被破灭了。我总是不明白，为什么他们能把公寓当成荒郊，好的歌声何用这么大的音量呢？

每次路过台北车站的噪音指示器，心里总是一阵发慌，因为指示器上的安全标准是七十分贝，但那个指示器上的分贝数，永远不少于九十分贝，有时甚至超过一百，可是匆匆的行人都视若无睹。我们已经在声音的无情压迫下，完全使听觉麻木了，偶有敏感的人，也被迫放弃了耳朵的尊严。

昔日孟母三迁，是怕孟子习恶，但今日的孟母已经无地可迁了，因为大部分的住屋不是靠近寺庙，就靠近学校；不是紧邻市场，就是密接工厂；有幸找到一处清静的处所，也是没有几天就被各种声音侵害了。

连坐上了计程车都不得安静，就让人益发觉得生在现代，耳朵是不幸的，耳朵可以拒绝电视和广播，耳朵可以拒绝不良的偶然侵袭，但耳朵却不能拒绝整个装在音箱里的社会。

“随身听”这几年在台北像狂风卷起，我想，多少与我们耳朵的失落有深重的关系吧！

一九八四年七月十四

有月亮的早上

如果起得早，就会见到月亮还在天上，天已经大亮了。

这时的月亮长得真怪，是白色的浮贴在蓝天上，有点苍白，或营养不良。早上的月亮是一点也不美的，像是孩子咬了一口丢弃的半片饼干。

恰好昨夜我们正赏过月，再来看早上的月亮，特别能感受到时空的哀伤，月亮失去它的光，失去它的美，失去它的一切。

人不也是这样的吗？许多昨夜的明星在今朝隐没，而即使是夜间唯一的明月，也有失去光照的早晨。没有人是永远的月亮，没有人是不胖的白光，没有人是不衰老的云雀。

但不要因为失去，我们就轻视了映日的光芒，我们要珍惜往日的光辉，因为知道今夜的光芒可能重照。

所以有的外国人说："你们中国人不要自豪，五千年已经过去了。"

"有过去总比没有过去好些。"我说。

有人说："你的爱情已经过去，趁早忘了吧！"

"何必忘呢？你的故事永远是你的故事。"我说。

有人说："花谢了，又如何？"

"落花不是无情物，化作春泥更护花。"我说。

——这人间的一切正是如此，我们看见早上苍白之月与晚上光耀之月是同一月，我们看见痛苦沉溺之自我与光明超拔之自我，不也是同一个自我吗？

爱月的人爱晚上的月，自爱的人何不爱惜更超拔的自我呢？

百年与十分钟

在日本东京的银座街头，有好几家卖古董照相机的店，那些古董相机的性能都还非常好，外表经过整修也和新的一样。

卖古董相机的店员都会对人保证，那相机可以拍出和现代相机效果相当的作品。

“但是，”有一位店员这样说，“要注意这些保存了一百多年的相机，它的曝光时间就要十分钟，现代人没有一个人可以静止十分钟让人拍照，只有拿来拍风景和静物了。”

店员说了一个故事：从前有一个人买了一架古董相机，试图用那部相机帮人拍照。他要拍人之前，就告诉那个被拍的人说：“这是一百年前的照相机，曝光就要十分钟，你可以十分钟坐着不动吗？”每一个被拍的人都拍胸脯对他保证：“没问题，一百年前的人不都是这样拍照的吗？”可叹的是，他拍遍了所有的亲戚朋友，居然没有一个人能坐着十分钟不动。

最后，拍照的人气了，心想：“难道这世界上已经没有一个人能坐着十分钟不动吗？为什么古代看成是最自然的事，现在没有人能做到呢?”他找到一个朋友帮他按快门，他自己接受拍照，结果连他自己也不能面对镜头静坐十分钟。

他只好把相机还给卖古董相机的老板。

店员指着橱窗说：“他退回的照相机就是那一部，要买回去试试吗?”他对每个人都这样说，可是那部相机再没有卖出过，因为每一个现代人都深知，在生活的周围几乎找不到一个可以十分钟坐着不动的人。

这个故事给我们深刻的启示：古代人和现代人对时间的观念是大不相同的，古人一天可能很专注地做一件事情，现代人一天却要做几十件事；古人坐个十分钟是绝对没问题的，现代人却很少有耐心能坐十分钟。拍过照的人都知道，叫一个现代人八分之一秒不动，都不是一件容易的事。

十分钟的价值与意义，经过一百年已经完全不同了。

这也使我们知道为什么在现代修习禅定不容易成功的原因，是因为在体质里，已经失去了深沉、长恒、有耐心的特性。

对于某些盲目地忙着，忙到没有时间痛哭一场的现代人，恐怕很难想象，古人拍一张照片要曝光十分钟，现在，到大规模的快速冲洗店，十卷底片全部洗好，也只要十分钟的时间呢!

好的小孩教不坏

有一回去参加有关青少年问题的座谈会，与会的专家都大谈教育问题，最后轮到我发言，我说关于教育我的看法很简单，只有两句话，第一句话是“好的小孩教不坏”，第二句话是“坏的小孩教不好”。

与会的人都大感惊诧，因为既然是这样，教育就无用了，还需要教育干什么呢?

这两句话并不是反对教育的功能，而是说透过教育所能做的事实在非常有限，这个观点是从佛教的观点出发的，因为从因果律上看，每一个孩子投生到这世界就好像是一粒种子，种子虽小，却一切都具足了。

假如这一粒是榕树的种子，那么就要以榕树的特质来帮助种子的成长，但是不管多么努力照顾，榕树的可能性是：一，变成大榕树。二，变成小榕树。三，根本不发芽成长。纵使用尽一切资源，也不可能使榕树的种子成为松树，或成为现在最昂贵的红豆杉。

教育可以做的范围大概如此，即使再天才的教育家也不应该渴望把榕树变成松树，比较不幸的是，我们目前的教育，似乎都是在努力着，希望每一个小孩子都成为红豆杉，于是耗神费力地做改变种子特质的工作，这是因为大家都相信红豆杉才是最有价值的。其实，国宝级的红豆杉固然可以做雕刻、做家具，平凡的榕树又何尝不能成为风景，不能让人在庙前乘凉呢?

教育，是在使一棵红豆杉长成好的红豆杉，尽其所用；也在使一棵榕树成长为好榕树，不负其质，如果教育是使红豆杉变成榕树，或榕树长得像红豆杉，那就完全错了。

齐头式的教育，将会使许多红豆杉或榕树不能长成他们本质的样子。

只有立足点平等的教育，使草木自己成长，每个人的本质才都得以发挥。

我主张“好的小孩教不坏，坏的小孩教不好”的第二个原因，是认为教育最要紧的是唤起人内在的渴望，而不在于填塞了什么内容。一个小孩子如果内在的渴望被唤起，真正想为这渴望去努力，他就不容易变坏了。这渴望，就是我们幼年时代常常写作文的“我的志愿”，那志愿如果不是口号，而是了解自我本质后的确立，渴望就产生了。

举例来说，像舞蹈家林怀民、音乐家李泰祥、电影导演侯孝贤、剧场导演赖声川、雕刻家朱铭，这些充满创造力的人物，他们所受的教育并不是什么成为艺术家的环境，由于他们的成就动机（也就是渴望），他们走上了自我教育，就比较能够成功。

反之，一个孩子的内在渴望没有被唤醒，可能造成两个极端，一是庸庸碌碌终其一生，一是充满反社会的倾向。这就像我们不管土质，把芋仔、番薯、稻子、西瓜、松树全种在一片地上，有的不会结果（庸庸碌碌），有的会破坏水土，甚至伤害别种作物的生存空间（反社会），其实，教育的原理由大自然的培育与生态中间就可以看见相通的道理。

“好的小孩子教不坏，坏的小孩子教不好”的第三个原因，是身教重于言教，我们要孩子有好的本质，必须自己先有好的本质，这样孩子就不致因环境的关系走上岔路。

这道理很简单，就像小的孔雀一定要养在孔雀群中，它才会知道如何学习开屏，做一只美丽的孔雀，若把孔雀养在鸡群中，孔雀到后来就会像一只鸡一样，孟母三迁的道理就在于此。

因此在理论上，一个生长在大学校园的孩子，会比生长在风月场所的孩子容易有好的本质。

把这种身教重于言教的说法，用现代一点的语言就是“典型的确立”，或“偶像的确立”，我们的孩子从小如果有好的典型或偶像，那么纵使没有提供足够的教育资源，他依然有成就动机，成功的可能性就大得多。我自己的成长环境就没有提供成为作家的资源，但由于小时候的偶像都是诗人作家，也就自然地走向作家之路。

我们大致上都会同意，关于教育，人格比学问重要，智慧比知识重要，一个孩子若有健全的人格，而且有生活的智慧，不仅他自己会过得平安快乐，也会成为社会的正面因素。如果我们教了许多有学问、有知识的人，却人格不健全，生活贫血，那么是整个教育、整个社会的悲哀。

天下太平的线索，就是每一个人都确立了生命的好品质，可叹的是，这个社会愈来愈重视包装而忽视品质了，“好的小孩教不坏，坏的小孩教不好”的结论是，如果钻石被琢磨出来了，不管怎么包装，都是依然耀眼的。